Hervé Jaouen, après des études de droit et d'économie, fait carrière dans le monde de la banque, qu'il abandonne peu à peu au profit de l'écriture. En 1979, *La Mariée rouge*, son premier roman noir, lui vaut d'être immédiatement reconnu comme un maître du genre. Il élargit ensuite sa palette aux récits de voyages, réunis sous le titre *Carnets irlandais* (Éditions Ouest France, 2015), et à la littérature jeunesse avec notamment *Mamie mémoire* (2000), traduit en une dizaine de langues, et *Quelle vie de chien !* (2017).

Il est l'auteur de nombreux romans ayant pour cadre l'Irlande, dont *L'Adieu au Connemara* (2003) et *Le Testament des McGovern* (2006). Sa terre de prédilection reste surtout la Bretagne, comme dans *Eux autres, de Goarem-Treuz* (2014), *Le Vicomte aux pieds nus* (2017) et *Sainte Zélie de la palud* (2018), publiés aux Presses de la Cité. *Le Bon Docteur Cogan* a paru en 2019 chez le même éditeur.

Hervé Jaouen a reçu de nombreux prix littéraires ; cinq de ses romans ont été adaptés à la télévision et deux téléfilms ont été tournés à partir de scénarios originaux qu'il a écrits.

Retrouvez toute l'actualité de l'auteur sur :
www.hervejaouen.fr

LE BON DOCTEUR COGAN

DU MÊME AUTEUR
CHEZ POCKET

QUE MA TERRE DEMEURE
AU-DESSOUS DU CALVAIRE
LES FILLES DE ROZ-KELENN
LES SŒURS GWENAN
GWAZ-RU
EUX AUTRES, DE GOAREM-TREUZ
SAINTE ZÉLIE DE LA PALUD
LE BON DOCTEUR COGAN

HERVÉ JAOUEN

LE BON DOCTEUR COGAN

ROMAN

ISBN : 978-2-266-31137-3
Dépôt légal : février 2021

Note de l'éditeur

Hervé Jaouen s'est donné pour ambition d'écrire l'histoire d'une vaste famille bretonne au XXe siècle.

Plutôt que de remonter de génération en génération, l'auteur a préféré s'accorder la liberté d'aller et venir dans le siècle – de sauter de branche en branche de l'arbre généalogique, pourrait-on dire –, pour focaliser son attention sur des destins singuliers. Il s'agit en quelque sorte d'une mosaïque dont chaque élément serait un tableau achevé au sein d'une fresque dépeignant une région, la Bretagne, du point de vue spécifique de certains membres d'une famille d'origine rurale.

En conséquence, les ouvrages sont indépendants les uns des autres et l'ordre dans lequel le lecteur les découvre n'est pas déterminant.

Deux romans ont ouvert ce cycle romanesque, *Les Filles de Roz-Kelenn* et *Ceux de Ker-Askol*, dont le point de départ est le même. A la fin du XIXe siècle, une jeune femme, Mamm Gwenan, meurt dans l'indigence du côté de Briec-de-l'Odet et laisse derrière elle deux orphelines, Jabel et Maï-Yann, qui survivront en mendiant de ferme en ferme avant d'être séparées, en Argoat, la Bretagne de la terre.

Le troisième volume, *Les Sœurs Gwenan*, est l'histoire d'une branche de la famille qui a fait souche en Armor, la Bretagne de la mer.

Ceux de Menglazeg poursuit et achève le destin de *Ceux de Ker-Askol*, à travers le destin de leur descendance, du côté de Laz, dans les montagnes Noires de Cornouailles.

Gwaz-Ru est le premier tome d'un diptyque. Du début du XXᵉ siècle à 1944, c'est le portrait d'un Breton rebelle et libertaire qui quitte la servitude du métier de journalier pour le prolétariat urbain.

Le second tome, *Eux autres, de Goarem-Treuz*, mène les personnages de Gwaz-Ru et de sa femme Tréphine vers l'âge mûr et la vieillesse, en même temps qu'il nous donne à lire les destins variés de leurs sept enfants dans une Bretagne de l'après-guerre en pleine mutation.

Dans *Sainte Zélie de la palud* réapparaît l'une des sœurs Gwenan, Marie-Morgane. Le matin de ses noces elle avait disparu avec un homme dont la famille ignorait tout. Cet homme-là, c'était Paul Draoulec. Avant de devenir l'un des plus gros mareyeurs du pays bigouden, il a connu une enfance et une adolescence difficiles, auprès de sa mère, poissonnière ambulante et buveuse invétérée, l'inénarrable Zélie qu'il accompagnait dans ses tournées, et dans les bistrots. C'était au début des années 1930, sur les chemins de la palud de Penmarc'h…

Le Bon Docteur Cogan mène le lecteur dans les monts d'Arrée où s'installe, peu avant la Seconde Guerre mondiale, un médecin venu de Paris avec femme et enfants. Qui étaient-ils et d'où venaient-ils vraiment, ces étrangers au pays d'Arrée ? Yvonne Trédudon, petite paysanne du coin, lointaine cousine de Gwaz-Ru, entre à leur service. Seul témoin encore en vie, presque centenaire et pensionnaire d'une maison de retraite, elle revit les événements qui ont scellé le sort des Cogan.

Toute ressemblance avec des personnes existant ou ayant existé et toute homonymie avec des noms propres et des noms de lieux privés seraient pures coïncidences.

Prologue

Huelgoat, 2018.

Bien que mon rôle, ici, soit celui de simple copiste, je crois devoir livrer aux lecteurs quelques mots d'introduction au récit confié à mes bons soins de rédactrice par mon amie Yvonne Trédudon.

Je m'appelle Marie-Françoise Baraer et je viens de fêter mon soixante-quatorzième anniversaire. Je suis née à Huelgoat en 1944, rue Robinson, anciennement rue de l'Abattoir. J'ai une fille et trois petits-enfants. Ils vivent au Canada, nous communiquons par Skype. Il a bien fallu que je m'initie aux techniques nouvelles, et je concède volontiers que c'est absolument magique de les entendre et de les voir sur l'écran de mon ordinateur. Ils me pressent de traverser l'Atlantique, mais je ne suis pas une grande voyageuse. Je n'ai pris l'avion qu'une seule fois, avec mon mari, pour aller aux Baléares. Nous étions dans notre cinquantaine, nous avions voulu suivre la mode des vacances au soleil. La chaleur, l'agitation et au retour un vol retardé de neuf heures nous avaient guéris des voyages organisés. Nous habitions Quimper. Jean, mon mari, travaillait à la mairie, j'étais assistante sociale à la DDASS. Retraités à soixante ans, nous avions tout pour être heureux, même si nous ne voyions pas grandir nos petits-enfants autrement que sur un écran, sauf quand ils traversaient l'Atlantique, environ une fois tous les deux ans.

Une rupture d'anévrisme foudroya mon mari en 2008. Ce fut une catastrophe à laquelle je n'étais absolument pas préparée. Je n'avais jamais envisagé qu'il pût partir en premier. Notre maison de Quimper me parut soudain immense. Pendant plusieurs semaines je crus entendre Jean vaquer à ses occupations, bricoler au sous-sol, fendre du petit bois, toussoter au lit, à mon côté. Tout me rappelait sa présence, des objets les plus précieux – notre photo de mariage au-dessus de notre lit – aux plus triviaux : son bleu de chauffe dans l'abri de jardin, la clé tordue de la porte d'entrée qu'il avait rectifiée sur son établi, à la cave les bouteilles de bon vin, et dans le tiroir du buffet de la cuisine le tire-bouchon, que j'ai fini par jeter car sa vue ressuscitait nos dîners en amoureux. Si je ne voulais pas devenir folle de chagrin, il fallait que je déménage.

C'est la guerre qui a décidé de ma naissance à Huelgoat. Mes parents, Brestois, avaient fui les bombardements, mais à la différence de la plupart des réfugiés évoqués ci-après par la narratrice de l'histoire des Cogan, ils n'avaient pas eu à chercher où loger. Tout naturellement, ils vinrent habiter chez grand-mère, la mère de ma mère, veuve d'un poilu gazé pendant la guerre 14-18. Après la Libération, mes parents retournèrent à Brest où ils se lancèrent dans le commerce ambulant de bonneterie, une activité très exigeante, si bien que je passais toutes les grandes vacances chez grand-mère, et cela durerait jusqu'à ce que je succombe à l'attrait des surprises-parties brestoises, à l'âge des premières amours.

Lorsque Jean et moi fûmes fiancés, je pris soin de l'amener chez grand-mère. Elle nous fit des crêpes dans la cave, bilig posée sur le feu dans l'âtre, et nous étions assis sur des billots de cyprès. Je crois que cette scène fut très déterminante pour notre union future. Jean avait aimé grand-mère, il était digne d'être aimé.

A la mort de grand-mère, le règlement de la succession fut négligé et la maison demeura en indivision entre les membres de ma famille maternelle. Après le décès de ma mère, personne n'en voulut, sauf moi. Jean se moqua : « Qu'est-ce qu'on en fera, de cette bicoque ? » Il n'empêche que dès la première nuit il succomba à ses charmes. Nous fîmes l'amour sous les lambris qui n'avaient pas été repeints depuis la guerre. Quand nous nous séparâmes, comblés, j'eus un petit rire étouffé. Nous avions fait la chose dans le lit où j'étais venue au monde.

Comparée à la villa que nous possédions à Quimper, c'est une petite maison. En façade, le long de la rue, un grillage, qu'un rosier grimpant a conquis, délimite un jardinet de la largeur d'une plate-bande. Trois marches sous une marquise, la porte d'entrée, un couloir, et dans son prolongement l'escalier qui mène à l'étage. Sur un sous-sol auquel on accède par l'extérieur, la distribution des deux niveaux est symétrique. Les quatre pièces sont de surface rigoureusement identiques. Au rez-de-chaussée, à droite, la cuisine ; à gauche, une ancienne chambre, aujourd'hui mon « salon », c'est-à-dire l'endroit où je lis, regarde la télévision, tapote sur mon ordinateur, au milieu de bouquins, de revues, d'albums de photos, de lettres dispersés à loisir, comme pour rompre avec notre ancienne vie, dans la villa de Quimper, où tout était ordonné. Jean était très méticuleux et soucieux du jugement des gens que nous recevions — son seul petit défaut, sans doute dû au fait qu'il était un fils de gendarme. A l'étage, deux chambres. Au-dessus, un grenier perdu, et je ne me souviens pas qu'on y ait jamais mis au rebut quoi que ce soit. Son plancher est constitué par le lambris des chambres, sur lequel il serait imprudent de marcher, ou plutôt, de ramper, car ce grenier est très bas de plafond en raison de l'architecture particulière de la maison. Le toit est à quatre pentes, dans un style francilien, et les chambres possèdent de vraies fenêtres à la Mansart, pratiquées dans la partie presque verticale du comble brisé. Que je n'omette pas le plus important : du fait que la maison n'est pas « double », comme disent les anciens, les quatre pièces sont éclairées chacune par deux fenêtres en exact vis-à-vis. D'un côté, la rue et une colline empanachée de cyprès et de pins maritimes plus âgés que moi. De l'autre, quatre Corot changeants ayant pour sujet le lac, un jour miroir lamartinien froissé par les glissades de cygnes bêcheurs, le lendemain chaudron bleu de Prusse balayé par les risées de noroît, à vous donner la chair de poule et à contempler, la tête de côté, les mains tendues vers la bonne chaleur du fourneau ; le surlendemain, paisible envers du ciel où défilent les merveilleux nuages et leur nuancier de gris et de bleus, qui vous peignent les pensées en rose.

La maison fut notre cabane au bord du lac où nous passions presque tous les week-ends, abandonnant le bord de mer dont nous nous étions lassés ; un excès de touristes en été, en hiver un désert à vous inoculer la sinistrose. A Huelgoat, quelle que fût la saison, quel que fût le temps, les portes closes des maisons qui ne trouvaient pas preneurs ne nous attristaient pas. Nous retournions au nid.

Le dimanche nous nous baladions dans la forêt, par les chemins que j'avais arpentés avec grand-mère, ma petite grand-mère qui s'était ratatinée au fil des ans – elle avait dû perdre une bonne dizaine de centimètres, ce qui la rendait à mes yeux encore plus gentille, encore plus émouvante. Maigre comme un coucou, elle ne désirait rien tant que « galoper », du breton *galoupat*, francisé pour qualifier sa façon de marcher d'un bon pas. Par ici, les coins où nous ramassions de pleins pots à lait de myrtilles ; par là, le sentier qui nous menait à Restidiou, chez une sœur de grand-mère, où nous déjeunions invariablement d'une omelette au lard et aux pommes de terre.

Avide et respectueux de mes souvenirs d'enfance, pas plus que moi Jean ne souhaita réaménager la maison. C'eût été détruire son âme. Le confort devait rester sommaire : un WC sous l'escalier, pas de salle de bains, toilette au gant, dans une bassine – un caprice de nantis, étant donné le confort dont nous disposions à Quimper les cinq autres jours de la semaine. Devant le miroir piqué, Jean utilisait le blaireau de mon grand-père. Nous aurions pu faire poser du lino ou de la moquette, nous conservâmes les vieux planchers tels quels pour le plaisir d'en sentir les défauts sous nos pieds nus, et attention aux échardes ! Seule concession à la modernité, nous fîmes installer le chauffage central, que nous laissions en marche, réglé au ralenti, pour éviter que l'eau ne gèle dans la tuyauterie. Les hivers peuvent être rudes, à Huelgoat. Cependant, nous ne poussions pas la chaudière, préférant allumer un feu dans le fourneau, de façon que l'air embaume la fumée. Nous avions l'illusion que le thé était meilleur quand l'eau était mise à bouillir sur la cuisinière à bois de grand-mère.

Et il l'est. J'en ai retrouvé le goût. Il y a de cela dix ans. Déjà.

Dans notre villa de Quimper hantée par le fantôme de Jean, un beau matin, au réveil, en un éclair je pris ma décision, et un immense sentiment de plénitude me submergea. Cela sonne un peu pompier, mais y a-t-il d'autres mots pour le dire ?

— C'est du délire, maman, s'écria ma Canadienne de fille au téléphone. Qu'est-ce que tu vas bien pouvoir foutre dans ce bled ? Quand j'étais gosse et que vous me traîniez le dimanche chez grand-mère, quelle corvée ! Je me faisais chier à cent sous de l'heure.

— Ah ? Tu ne me l'avais jamais dit.

— Et le jour où tu auras besoin d'aide ? Je parie qu'il n'y a ni médecin ni dentiste à vingt kilomètres à la ronde.

— J'ai une voiture.

— Et le jour où tu ne pourras plus conduire ?

— Je prendrai un taxi.

— Et Internet ? Et la 4G ? Comment on fera pour communiquer ?

— La maison de grand-mère est sous l'émetteur.

— Garde la villa, en roue de secours.

— Le compromis de vente est signé.

— Achète au moins un appartement à Quimper.

— C'est mon intention. Dans un immeuble avec ascenseur. J'ai de plus en plus de mal à monter les escaliers.

— C'est vrai ?

— Mais non, je me porte comme un charme.

— Oh maman, tu veux me rendre maboule ? Ne plaisante pas sur ta santé, je t'en prie. Tu consultes régulièrement ? La prévention, c'est hyper important.

Frottis, coloscopie, mammographie, ostéo-densitométrie… Je ne l'écoutais plus. Un tel étalage de raison m'affligeait. Les jeunes d'aujourd'hui sont pourris de contradictions. On file aux antipodes vivre avec un bushman parmi les serpents (avant le Canada il y avait eu l'Australie), on se contrefiche du soleil et des mélanomes malins, et par ailleurs on s'inquiète de savoir si sa vieille maman (de soixante-quatre ans en 2008, merci bien) s'est fait vacciner contre la grippe. J'eus l'impression d'être plus jeune que ma fille. J'étais déjà en route vers ma source d'eau de Jouvence, le temps n'aurait plus de prise sur moi.

Le temps ! Très vite, j'en ai manqué. Ma fille n'en croit pas ses oreilles, ni ses yeux, à voir ma mine resplendissante sur l'écran de son ordinateur.

— *Overbooked*, dans ce trou perdu ? s'écrie-t-elle, dubitative.

Mon retrait de la fourmilière des zones commerciales et des ronds-points infernaux des boulevards périphériques s'est fait sans rupture dans nos échanges via Skype. Internet et la 4G fonctionnent à merveille. Corinne n'en revient pas. Non, mais alors ! Nous ne sommes pas sur la Lune !

Néanmoins, je vis sur une autre planète, en compagnie d'aliens de mon acabit. Ces ermites, que des esprits conventionnels nommeraient marginaux, ce sont de jeunes artisans et artistes, peintres, sculpteurs, céramistes ; des musiciens et des chanteurs animateurs de festoù-noz ; des éleveurs de moutons ; et puis des Anglais, beaucoup d'Anglais, la plupart de ma génération, des retraités qui ont migré de Cornouailles, du Devonshire et des Midlands pour acheter pas cher, à vil prix en comparaison des prix pratiqués chez eux, des maisons anciennes, des fermettes, des longères qu'ils ont retapées, et bénis soient-ils de l'avoir fait.

D'un seul coup d'œil on sait que ce sont des Britanniques qui y habitent : portes d'entrée et huisseries inusitées chez nous, et surtout, dans leurs jardins, de magnifiques massifs de fleurs de rocaille, des bordures d'œillets d'Inde, des pergolas ruisselantes de clématites et d'hydrangeas grimpants. C'est peu dire qu'ils ont la main verte. Et l'amour des objets kitsch, que je partage : dans une théière au bec cassé, un géranium ; dans une brouette réformée, des violettes ; au sommet d'un poteau, un lion doré ; des nains de jardin, aussi, qui n'ont pas le ridicule des nôtres, puisqu'ils sont inédits.

Le grignotage de leurs retraites dû à la chute de la livre sterling les a appauvris, mais très peu ont regagné l'Angleterre. Parmi les plus jeunes, quelques messieurs, pour arrondir leurs fins de mois, se sont installés autoentrepreneurs multiservices, bricoleurs de génie capables de changer un robinet, de réparer une gouttière, de poser du carrelage, de tapisser, et de tondre la pelouse, leur spécialité, *of course*.

C'est un Anglais, John, qui s'occupe de mon jardin. Il m'a aménagé un carré potager. Il soigne mes quatre pommiers, de quatre variétés différentes, de précoce à tardive, si bien que je mange des pommes de début septembre à fin mars, voire avril, certaines années. Nous sommes tous deux en admiration devant le buis de grand-mère. Planté dans les années 1930, il a un tronc dans lequel on pourrait sculpter les pièces de plusieurs jeux d'échecs. Du plus loin que je me souvienne, ce buis géant embaumait le jardin de grand-mère. Dès que je m'approche de la maison, avant même de pousser le portillon, je sens son odeur – enfin, incrustée dans ma mémoire, je crois la sentir. Mais l'été, quand je dors fenêtre ouverte, ce n'est pas une illusion : son parfum monte jusqu'à ma chambre. Redoutant qu'il ne soit attaqué par la pyrale du buis, John surveille son feuillage à la loupe, et cela m'émeut. Gardez-le pour vous, s'il n'était pas marié j'en ferais bien un compagnon, du moins à l'essai. De Jean à John, n'est-ce pas…

Tirons un trait sur cette pensée saugrenue, je ne suis pas une voleuse de mari. Annie, sa femme, est charmante, sans âge. Alors que John se débrouille en français, à l'instar de bon nombre de ses compatriotes Annie ne fait aucun effort pour apprendre notre langue. Elle s'habille, se coiffe et sourit comme une jeune fille. Ils forment l'un de ces couples qui semblent figés dans une éternelle jeunesse, et c'est ainsi que je nous voyais finir nos jours ensemble, Jean et moi. J'ignore s'ils ont des enfants. Les Anglais sont discrets, soyons-le autant qu'eux. Musiciens dans une vie antérieure, de difficultés, peut-être, ils se produisaient dans les pubs, en Angleterre. Ils connaissent tout le répertoire du folklore irlandais. Annie chante, John l'accompagne à la guitare ou à la flûte traversière et reprend avec elle les refrains. J'éprouve un brin de jalousie devant leur tendre complicité. Quand ils chantent *Nora* (*Dès la première fois que je t'ai vue, Nora/J'ai su que je n'aimerais jamais plus que toi*), c'est à une véritable déclaration d'amour qu'ils se livrent en public. Il leur arrive, s'ils sont d'humeur partageuse, ou nostalgique – *in the mood*, dit Annie –, de donner la sérénade aux habitués de L'Autre Rive, un café-librairie, quartier général et lieu de détente de tous les originaux qui ont choisi de vivre à l'écart du bruit et de la fureur.

On va à L'Autre Rive comme on va au temple. Si par malheur il venait à fermer, les monts d'Arrée seraient orphelins de ses grands prêtres, un couple qui se dépense sans compter pour organiser des expositions, des signatures, des conférences-débats. Avant de déménager au bord du lac et de pousser la porte de ce café-librairie, jamais je n'aurais soupçonné que la vie culturelle fût aussi intense dans le voisinage. Un jour l'hebdomadaire *Le Poher* réalisa une enquête sur les « néo-Arréens » et demanda à quelques-uns d'entre eux, Anglais en majorité, de décrire leur endroit de prédilection. Bien que je sois une *native*, je fis partie du panel, en qualité d'« expat » réinstallée. Je choisis de célébrer L'Autre Rive et voici ce que j'écrivis, en suant sang et eau pour tenter, en vain, d'atteindre la poésie d'une églogue en prose.

En débouchant d'un sentier forestier, les touristes, arpenteurs du chaos de Huelgoat, n'en croient pas leurs yeux. Une terrasse sous les frênes, une grande maison, une enseigne : L'Autre Rive, café-librairie. *Mirage suscité par la faim et la soif ? Oh que non, répondent les tud ar vro, les gens du pays, la halte existe bel et bien, vous pouvez toucher, c'est du concret comme toutes les pierres du hameau.*

Aux marges moussues de la mare aux sangliers, le caravansérail d'une oasis où toutes les nourritures, terrestres et spirituelles, sont roboratives. La bière est locale, la carte prône le bio et les rayonnages stimulent la liberté de l'esprit. Dans cette abbaye de Thélème, fais ce que tu veux, déguste ton cake sucré ou salé, et arrose-le d'une bière bretonne ou d'un thé. Sur les tables et les étagères, ne disons pas de la librairie mais de la bibliothèque des hôtes, tu peux prendre un livre les yeux fermés. Ici, il n'y a que de la bonne littérature. Et si on veut réviser le b.a.-ba de l'anarchisme, les ouvrages théoriques ne manquent pas. L'Autre Rive, c'est aussi le camp d'Artus de l'esprit libertaire.

J'y ai rencontré Linda. Sans elle le présent ouvrage n'existerait pas. Linda est une Canadienne anglophone et une sexagénaire délurée. Dans une existence antérieure, elle habitait à Vancouver. *A long way*, de l'Ouest canadien aux monts d'Arrée. Pourquoi cette grande et belle femme rousse s'est-elle retirée dans le Kreiz Breizh[1] ? De lointaines racines bretonnes, semble-t-il. Est-elle célibataire, veuve, divorcée ? Mystère. Entre originaux, on respecte l'originalité d'autrui, ce qui n'empêche pas la cordialité.

---

1. Centre Bretagne.

Linda rit aux éclats pour un oui ou pour un non, pétille d'entrain. Hyperactive, elle secoue sa crinière rousse dans plusieurs clubs : d'origami, de bridge, d'herborisateurs, et j'en oublie. Comme si cela ne suffisait pas à meubler ses loisirs, désireuse d'améliorer son français elle a créé un « atelier de langue » bilingue où nous sommes environ une douzaine de « filles », Françaises et Anglaises, à nous retrouver une fois par semaine pour essayer de bavarder dans les deux langues. On s'amuse comme des jeunettes. Le vin blanc dont abusent, à mes yeux, les Anglaises n'est pas étranger à l'ambiance festive, je le crains.

Linda a vécu à Vancouver, ma fille réside à Montréal : avec le Canada comme point d'ancrage d'une amitié naissante, on a copiné tout de suite. Pour des raisons qui me sont demeurées obscures, elle n'aime pas le Québec.

Un jour, au cours d'une balade dans la forêt – au pas de charge, il faut la suivre, avec ses longues jambes de basketteuse –, elle me dit tout de go :

— Tu devrais venir avec moi à Mont-Leroux, les vieux sont adorables.

J'avoue que dans mon tréfonds je me suis roulée en boule comme un hérisson. « Mont-Leroux » : le superbe bâtiment, tout en pierre, de l'ancien hospice, ses annexes, son parc de vingt-deux hectares classé « jardin remarquable » où je ne sais quel idéaliste ou collectionneur végétal a fait planter, avant que l'établissement ne devienne propriétaire des terres, quelque trois mille cinq cents « arbres du monde », provenant des cinq continents, tout cela est bien beau, certes, mais Mont-Leroux est un EHPAD.

J'arpente souvent les allées du parc, peu éloigné de la rue Robinson, afin de voir passer les saisons sur les espèces exotiques de l'arboretum – en automne les couleurs sont mirifiques, quel flamboiement ! –, mais je me tiens à l'écart de l'établissement, pour moi, comme pour la plupart des seniors en bonne santé, un mouroir. Son adresse, rue des Cieux, permet de faire courir dans le bourg, non sans un zeste d'effroi de la part de ceux que la sénilité menace et qui espèrent bien ne jamais devoir être hébergés à Mont-Leroux – j'en suis ! –, la pointe d'ironie facile d'un accès direct au paradis.

— Mais que vas-tu faire à Mont-Leroux ? ai-je répliqué.

— Visiter.

— *Visiter ?* me suis-je étranglée, dans un cri exprimant une phobie que j'aurais voulu dissimuler.

— Rendre visite, je veux dire. Tu vas voir les vieux, tu leur apportes un gâteau que tu as confectionné, tu parles avec eux, tu es leur rayon de soleil, ils sont ravis et tu ressors contente de toi.

— Et déprimée.

— Pas du tout ! Il y a de la vie, chez ces vieux. Certains radotent, mais gaiement. On a du *fun*, crois-moi !

J'en doutais, mais Linda est du genre à bousculer les idées reçues. Rien ne lui résiste.

— Accompagne-moi au moins une fois. Tu changeras d'avis. Allez, tope là !

J'ai relevé le *challenge*, doublé d'un défi lancé à moi-même : tester mon aptitude à affronter la concentration de vieilles personnes, miroirs de ma future décrépitude.

Nous y sommes allées à l'heure du goûter. En bas du perron un vieux monsieur fumait en faisant les cent pas. J'ai reconnu le parfum des cigarettes anglaises que fumait Jean et j'ai pensé qu'il aurait pu être ce vieil homme très digne, portant veston, chemise claire et cravate, pantalon et chaussures en cuir impeccables. Il nous a saluées d'un « Bonjour, mesdames » chaleureux.

— Un visiteur ? ai-je chuchoté à Linda.

— Un pensionnaire. Si tu lui demandes pourquoi il est là, alors qu'il paraît aussi en forme que nous, il te répondra que ce sont ses enfants qui l'ont collé là-dedans, pour être tranquilles. Ils vivent à l'étranger.

Hé ben voilà, nous y sommes, ai-je songé. Avec ta fille au Canada, voilà donc le sort qui t'attend ? Corinne sera tranquille, une fois qu'elle t'aura « collée là-dedans ». Mais non, idiote, me suis-je rassurée, tu auras de quoi te payer une gouvernante, tu finiras tes jours dans la maison au bord du lac.

— Je pense plutôt qu'il était volontaire, a dit Linda. Il s'ennuyait, seul chez lui. Pour nous c'est incompréhensible, n'est-ce pas ?

Dans la salle, cela sentait bon le café frais que proposaient des dames de service en promenant de tablée en tablée leurs brocs chromés. D'abord, de loin, mes préjugés, ma prévention honteuse, ont guidé mon regard vers des bustes affaissés, des mains arthritiques qui peinaient à saisir le bol, des jambes gonflées de vieillards. De vieillardes, devrais-je dire (mais le mot est laid), si j'adoptais la règle de grammaire bretonne qui fait prévaloir le féminin sur le masculin. Les messieurs étaient largement minoritaires, et les dames n'étaient pas toutes décaties, Dieu merci.

En balançant sa queue-de-cheval rousse et son popotin bien ferme sous sa jupette courte, Linda zigzaguait entre les tables, lançait des « Hello, les filles ! » en réponse à des : « Alors, Linda, toujours pas de chéri dans ton lit ? » Nous avons complété une tablée de joyeuses commères. Ma présence était l'événement du jour, j'ai été assaillie de questions, puis d'affirmations comme celle-ci : « Marie-Françoise Baraer, de la rue de l'Abattoir ? Oh j'ai bien connu ta grand-mère ! J'allais *caféter* chez elle avec ma mère », assertion renforcée de détails signifiants – les tasses à décor oiseaux exotiques, la cafetière émaillée, la boîte à biscuits en fer-blanc. « Ta grand-mère gardait ses boudoirs là-dedans, et des fois un peu trop longtemps, je dois dire. » Vrai. Des boudoirs ramollos, et sur la fin de sa vie, quand elle n'avait plus toute sa tête, carrément rancis. Je les jetais à la poubelle en cachette et les remplaçais par des frais.

Adoptée d'emblée par les commères, je me suis surprise à éprouver de la tendresse pour ces vieilles veuves qui, au lieu de geindre et de maudire leur déambulateur, riaient, prenaient chaque heure qui passe du bon côté, plaisantaient à propos de leur place réservée au cimetière, près de leurs maris, en haut de la rue des Cieux. A les regarder, à les écouter, j'ai eu la certitude d'être le maillon d'une chaîne dont la solidité dépendait de moi. J'avais répondu à l'appel des mânes de grand-mère, mon devoir était de maintenir le lien entre mes aïeux et ces aïeules originaires du pays d'Arrée.

Elles se sont dispersées. C'était l'heure des « Chiffres et des Lettres », et suivrait « Questions pour un champion », dont la fin sonnerait l'heure du dîner.

— Alors ? m'a lancé Linda en sortant. Il nous manque des lectrices, tu es partante ?

— Explique-moi.

— Beaucoup d'entre elles aimaient lire et ne le peuvent plus. Parce qu'elles ne voient plus clair ou parce que ça les fatigue. Alors on leur fait la lecture. Des romans d'amour, des romans de terroir… Attention, hein, pas du Henry James ou du James Joyce, des livres faciles ! Moi, je ne suis pas une bonne lectrice. Mon accent les perturbe. Mais toi, tu devrais faire l'affaire. A condition de tenir le coup. L'une des pensionnaires est insatiable. Elle épuise toutes les lectrices. Je te la présenterai. Okay, baby ?

— Okay, darling.

— Mat tre, va merc'h[1].

Linda s'initiait également au breton et bouillait d'atteindre le niveau requis pour s'inscrire aux semaines en immersion complète qu'organisait une association. Nul doute qu'elle y parviendra et se découvrira ensuite d'autres hobbies, la fabrication d'huiles essentielles, peut-être, ou d'abat-jour en macramé, ou la peinture sur soie, et cetera.

Yvonne Trédudon, ma désormais très chère auditrice boulimique, est la doyenne de Mont-Leroux. Un petit bout de femme de quatre-vingt-seize ans, un caractère, une tête de lard ! Et solide au poste ! Des articulations un peu rouillées, mais les fonctions essentielles sont en ordre de marche. Sa fierté : être

1. Très bien, ma fille.

capable de se lever toute seule la nuit pour aller faire pipi à tâtons.

— J'ai mes repères ! On ne passe pas la serpillière après moi. Non mais, pas demain la veille qu'on me mettra des couches. Je ne suis pas près de retomber en enfance.

On a du mal à croire qu'elle est quasiment aveugle tant son regard semble vous transpercer. Son infirmité a été progressive, des verres de plus en plus forts, l'emprunt de livres en gros caractères, les effets positifs d'une double opération de la cataracte, et puis les conséquences destructrices d'une maladie contre laquelle la Faculté est impuissante.

— Un mal pour un bien, Marie-Françoise. Comme ça je ne vois pas les petites vieilles errer dans les couloirs. Je les entends piailler, ça me suffit. J'imagine le spectacle, le musée des horreurs, hein ?

— Détrompez-vous, Yvonne. Beaucoup d'entre elles sont encore très alertes.

— Je t'ai dit de me tutoyer !

— Détrompe-toi, Yvonne. La plupart des dames sont toujours très avenantes.

— Peuh ! Tu dis ça pour le plaisir de me contredire, espèce de chameau !

Cela donne le ton de nos relations, au début de mon sacerdoce de lectrice vouée à Sa Majesté la Doyenne. La première fois, j'avais apporté *Les Lettres de mon moulin*. A peine avais-je commencé de lire qu'Yvonne me cloua le bec.

— Hopala ! Tu me prends pour une débile ? Je ne suis plus une gamine. Je l'ai déjà lu trente-six fois, ce livre.

Zola, Balzac, Maupassant, Jules Verne, Alexandre Dumas père, Alexandre Dumas fils, Théophile Gautier, Steinbeck, Hemingway, Jane Austen, les sœurs Brontë : déjà lus.

— Du balai, Marie-Françoise, du balai ! Débrouille-toi pour trouver autre chose à me fourrer dans les oreilles.

Il m'a fallu chercher à la médiathèque, et à L'Autre Rive, des nouveautés ou des auteurs plus confidentiels qui lui plairaient. *Le Mystère Henri Pick*, de David Foenkinos, nous a bien amusées. Des romans de l'Irlandais John McGahern, Yvonne a retenu la description d'un monde rural peu différent du sien, et elle a voué aux gémonies la figure du père, présent dans la plupart des ouvrages.

— Un gendarme calotin, toujours à dire son rosaire après avoir tourmenté sa femme et ses enfants, c'est à ne pas croire. Cet homme-là, quelle saleté ! Moi, je lui aurais tordu le kiki avec son chapelet ou je lui aurais servi un bouillon d'onze heures carabiné.

Linda m'avait prévenue : rassasier Yvonne était usant. Trois après-midi par semaine, c'était trop. La médiathèque possédait un choix de livres audio. J'ai acheté un lecteur de CD et, prétextant que je devais m'absenter, j'ai appris à Yvonne à s'en servir. Sur la touche *on* j'ai collé un grain de riz, deux sur la touche arrêt.

— Quand tu auras fini de l'écouter, tu demanderas à quelqu'un de changer le disque.

— Alors, comme ça, tu laisses tomber ton Yvonne ?

— Mais non, je reviendrai dans quinze jours.

— Oh ! on dit ça, on dit ça… Je ne serai peut-être plus là, dans quinze jours. Tu iras me faire la lecture sur ma tombe.

Maligne, elle voulait me culpabiliser, comme un gosse capricieux qui vous lance à la figure : « Tu ne m'aimes plus », pour obtenir le cadeau qu'il réclame. J'avais besoin de repos, je n'ai pas cédé. En outre, nous étions fin janvier, il gelait à pierre fendre, et malgré le peu de chemin à parcourir de la rue Robinson à Mont-Leroux je n'avais nulle envie de m'aventurer sur les trottoirs verglacés. Pourtant, une semaine plus tard, c'est dans l'état d'esprit d'une petite fille qui a fait sa méchante que je me présentai devant elle, mains dans le dos et tête baissée – en pensée.

— Coucou Yvonne, revoilà ta Marie-Françoise !

— Ce n'est pas trop tôt ! Où tu étais passée pendant tout ce temps ?

— Tu as écouté des livres audio ? éludai-je.

— Ton appareil, tu peux le reprendre. Il ne répond pas quand je lui cause.

A l'évidence, je n'avais pas mesuré l'importance qu'elle donnait à nos conversations pendant les pauses, nécessaires aussi bien pour elle que pour moi, qu'on s'accordait au bout d'une demi-heure, trois quarts d'heure de lecture. Nos échanges relevaient plus du monologue que du dialogue. Yvonne évoquait surtout sa petite enfance, et n'est-ce pas naturel ? Ne l'ai-je pas fait moi-même au début de cette introduction ? Qu'ils aient soixante-quatorze ou quatre-vingt-seize ans, les vieux (*sic*, il faut bien que je me compte parmi eux) souffrent d'amnésie antérograde. On se maintient dans le présent en remontant vers le passé pour ignorer un futur inéluctable.

En ramant à contre-courant, Yvonne tirait des bords, explorait un arbre généalogique si touffu que je m'y perdis, pour ne retenir que quelques personnages hauts en couleur, parmi lesquels un certain Gwaz-Ru, un petit cousin communiste et bouffeur de curé qu'elle admirait, par ouï-dire, pourrais-je ironiser, car elle ne l'avait rencontré qu'une seule fois, à un mariage.

— Mais, Yvonne, lui dis-je le jour où elle me rendit le lecteur de CD, tu préfères qu'on lise ou qu'on parle ?

Coup de règle sur les doigts :

— Peuh ! Les deux !

Là-dessus, elle poursuivit de façon énigmatique :

— Si je n'avais pas été en si piteux état j'aurais pu tenir ma place devant une bilig. En bas, pour la Chandeleur, elles ont fait des crêpes. Et j'ai bien senti qu'elles avaient rajouté une goutte de rhum dans la pâte de froment.

Ainsi qu'on va le découvrir, l'énigme de cette déclaration est élucidée par le début de son récit, une scène où Yvonne « tient sa place devant une bilig ». Les odeurs réveillent la mémoire, pour moi c'est toujours celle du buis du jardin, pour Yvonne ce fut celle des crêpes qui embaumait les étages de Mont-Leroux.

— Prépare-toi à monter la rue des Cieux tous les jours, il y en a pour un moment.

Le récit d'Yvonne dura plusieurs mois, et il était si émouvant que ma hantise fut qu'elle n'arrivât pas à le terminer. Je me rendais à Mont-Leroux chaque jour, en hâte, portée par la crainte qu'on me dise : « Yvonne a été hospitalisée », ou pire : « Yvonne est morte dans son sommeil. » J'y allais au moment où elle était le plus en forme, après sa sieste.

Très vite consciente que le devoir m'incombait de fixer son récit sur le papier, je me mis à prendre des notes et par la suite m'équipai d'un magnétophone de poche. Le soir, fébrilement, je retapais tout cela sur mon ordinateur et, prudente, imprimais les pages et sauvegardais mes ajouts sur une clé USB qui ne me quittait pas, quand je sortais. Si la maison brûlait, ce petit objet miraculeux serait sauvé. Que le reste brûle m'importait peu : j'étais entièrement vouée à ma mission.

Passer de l'oralité à l'écrit oblige à des aménagements : éluder les entames récurrentes – sur le temps qu'il faisait « dehors » ; sur le menu servi à midi et par rebond sur les ingrédients du cake que j'avais confectionné : « De la noix de coco, tu dis ? Ma ![1] Et tu as trouvé de la noix de coco à Huelgoat ? » ; sur un « départ » de la veille : « Anna Béréhouc a avalé son bulletin de naissance hier soir. Ma ! Jeune pourtant, elle allait sur ses quatre-vingt-six. »

Après avoir sacrifié à l'une ou l'autre de ces entrées en matière, je tirais de mon sac les pages imprimées la veille au soir et aidais Yvonne à reprendre le fil de son récit.

— Hier, quand tu t'es arrêtée, quelqu'un toquait à la porte…

— Ah bon ? Et qui donc ?

— Tu vas me le dire.

1. Exclamation de surprise. Hein ? Comment ? Ça alors ! etc.

— Relis-moi le passage.

Retranscrire une parole qui a tendance à s'égarer dans les digressions oblige à des subterfuges : supprimer les redondances, combler les silences, terminer des phrases demeurées en suspens, rajouter une précision historique, rétablir la chronologie des faits. Sous l'emprise de l'émotion du moment, quand le souvenir était trop prégnant, Yvonne pouvait sauter allègrement les années.

— Mais, Yvonne, tu ne m'as rien dit de ce qui s'est passé entre-temps.

— Ah bon ? Faut croire que j'étais pressée de me débarrasser d'un poids.

Résistant à la tentation de réécrire le tout dans une langue académique qui eût été d'un style aussi navrant que les rapports d'enquêtes familiales que j'ai rédigés pour le Conseil départemental tout au long de ma carrière d'assistante sociale, j'ai conservé telle quelle la façon de conter d'une vieille Bretonne, et tant pis si la grammaire française est quelque peu malmenée. Le récit y gagne en authenticité. Si besoin est.

Si besoin est ? Ce qu'ont vécu le docteur Cogan et sa famille est rigoureusement exact, et je frémis en songeant que si je n'avais pas franchi le seuil de l'EHPAD de Mont-Leroux, de larges pans de leur histoire se seraient dissous dans les approximations, les raccourcis et les omissions de la mémoire collective.

Assez glosé, regardons la vérité sortir du puits des ans, laissons la parole à Yvonne Trédudon.

1

Je n'ai pas été tellement à l'école, mais j'ai appris à lire et à écrire, assez pour raconter ce que j'ai sur le cœur. J'ai aussi appris à compter. Ce jour-là où j'ai attrapé une vraie cœurée, on était le samedi 26 octobre 1974. 1974 moins 1943 égale 31, cela faisait donc trente et un ans que les Cogan avaient été ramassés par les miliciens.

On allait inaugurer une plaque à leur mémoire, sur la maison où le docteur Cogan avait vécu avec sa femme et ses enfants, et je n'ai pas été la seule à penser qu'il était plus que temps, trente et un ans après, de rappeler qui ils avaient été.

A cause de cette inauguration, il y en avait du bec'h[1] dans le bourg de Plouvern. Depuis de bonne heure ce matin Yann Quimerc'h, le maire, tournait en rond comme un canard qui cherche par terre sa tête coupée, sauf qu'il ne pissait pas le sang mais la transpiration malgré la couche de gelée blanche qui à midi recouvrait encore les prairies exposées au nord. Les gros ça

1. Embarras, tracas.

dégouline facilement, en particulier quand ils n'ont pas l'habitude de courir à droite à gauche.

Remarque, Marie-Françoise, on peut comprendre qu'il était plus ou moins affolé. Le maire d'une commune riquiqui de mille habitants, et des vieux principalement, alors qu'il y a cent ans on en comptait trois mille rien que dans le bourg, ça n'a pas l'habitude de recevoir le sous-préfet de Châteaulin et toute sa cour de gens cheuc'h[1] en costume de dimanche. Même dans son lit il avait dû suer des méninges à préparer son discours, ou bien il l'avait fait écrire par la maîtresse d'école qui n'a que quatorze élèves dans sa classe unique, des gosses qui à douze ans prendront le car pour aller au collège à Huelgoat, pas comme nous autres, de Rozarbig. Mes frères, ma sœur et moi c'était huit kilomètres à pied aller-retour pour aller à l'école par tous les temps.

Enfin bref, je ne sais pas qui lui a soufflé l'idée dans le derrière, le député ou le Saint-Esprit, toujours est-il que pour plaire au sous-préfet, un Alsacien, Yann Quimerc'h a décidé de donner à cette inauguration un air de fête bretonne, dans la tradition des pardons, et oh là là, pardon n'est peut-être pas un mot à prononcer ici parce que parmi tous ceux qui étaient encore en vie en 1974 il y en avait au moins un d'impardonnable.

En début de semaine, Yann Quimerc'h est venu me voir à l'école où j'étais dame de service, à m'occuper des petits qui étaient loin d'être débrouillés quand il y avait urgence à baisser culotte.

---

1. Chics, distingués.

— Yvonne, il m'a dit, pour cet hommage au docteur Cogan on va faire quelque chose qui ressemble à la Fête du beurre de Saint-Herbot, mais en moins important. Comme la commune n'a pas les moyens de payer un traiteur, on va arranger ça entre nous, ici, sous le préau de l'école. On va monter l'estrade du fest-noz du 14 juillet. J'ai prévu un couple de sonneurs en bragoù bras[1], chupen[2] brodé et chapeau à guides, quelques danseurs et danseuses de gavotte des montagnes. L'association de géologie présentera sa collection de minéraux des monts d'Arrée et on laissera en place l'exposition de la Fête du champignon de dimanche dernier, en la rafraîchissant si nécessaire. Tu pourras faire des galettes aux cèpes et aux girolles.

— Moi, faire des galettes ?

— Je te le propose. Un buffet campagnard avec cidre et café, du jambon à l'os et du pain noir, du gâteau breton et des châtaignes grillées, et des crêpes à volonté, servies toutes chaudes par Yvonne Trédudon et une copine qui ne serait pas bien difficile à trouver. Qu'est-ce que tu en dis ?

J'ai tout de suite pensé à Channig Bolazec, une qui est capable de manier la rosel[3] et la spansel[4] pendant des heures sans se fatiguer.

— Ce qui serait bien, c'est que ta copine et toi vous vous dégottiez des costumes de Bretonnes, avec

---

1. Pantalon bouffant.
2. Gilet/veste.
3. Palette.
4. Spatule.

la coiffe et le reste. Il doit bien y en avoir encore dans les armoires des mammoù gozh[1].

— Tu veux qu'on se déguise pour les beaux yeux des gens de la ville ?

— Pourquoi tu parles de déguisement ? Il faut qu'on leur montre qu'on est fiers de nos traditions. Et puis ça aurait plu au docteur Cogan, ce n'est pas toi qui diras le contraire. Il était plus breton que nous. Il était chez nous comme un poisson dans l'eau.

— Ah ça ! Comme une truite dans l'Elez ou un saumon dans l'Aulne. Sauf qu'il a fini dans les filets des braconniers.

— Ne ressasse pas ce que personne ne pourra plus jamais changer. Le passé est le passé, Yvonne. Cette plaque qu'on va inaugurer, c'est une façon de tirer un trait.

— Tu parles ! Avec une règle en zigzag ! Un trait en forme de croix gammée !

— Sacrée penn-karn[2] ! Bon, je peux compter sur toi et ta copine ?

— Il y a de quoi hésiter, j'ai répondu pour qu'il ne croie pas que j'étais à sa disposition.

— Comment ça ?

— Hé ben, tout ce tralala, c'est pas seulement pour le docteur Cogan. C'est quoi cette histoire de Légion d'honneur ?

— Ah écoute Yvonne, ça c'est indépendant de ma volonté. Une demande de la sous-préfecture. Ils ont estimé que ce serait bien d'associer l'inauguration

1. Grand-mères.
2. Littéralement : tête de pierre. Entêtée.

et la décoration de quelqu'un qui a été dans la Résistance.

— Tu le connais, ce bonhomme ?

— Personnellement, je n'en ai jamais entendu parler.

— Tu sais ce que m'a dit Jean-François ? La Légion d'honneur c'est comme les hémorroïdes, tous les trous du cul peuvent l'avoir.

— Ton frère est un anarchiste.

— Il n'a pas voté pour toi.

— Il n'a voté pour personne, il n'a pas émargé la liste électorale.

— Moi je n'ai pas rayé ton nom de la liste.

Compte tenu qu'on était si peu à habiter la commune, aux élections municipales on votait sur liste ouverte. Chacun était libre de rayer des noms et de rajouter les noms de gens qui n'avaient rien demandé ou qui reposaient boulevard des allongés. Et même, histoire de rigoler, des noms de célébrités, Tino Rossi ou Yves Montand, ça s'est vu au dépouillement. Mais il y en avait qui ne rigolaient pas du tout, c'étaient ceux dont le nom avait été rayé sur tous les bulletins.

— Puisque tu me parles de liste, m'a dit Yann Quimerc'h pour me caresser dans le sens du poil, j'aimerais bien que tu te présentes sur la mienne aux prochaines élections. Tu serais élue à tous les coups et je te prendrais comme première adjointe. J'ai beau être né ici, j'ai vécu ailleurs pendant quarante ans. Tu connais la commune mieux que moi.

— Je ne la connais que trop bien. Jean-François n'est pas pour cette plaque sur la maison du docteur Cogan. Il dit que c'est jouer les Ponce Pilate à peu de frais.

— Bon Dieu Yvonne, tout ce que dit ton frère n'est pas parole d'évangile.

— Il m'a dit encore autre chose.

— Je ne veux pas l'entendre.

— Hé ben tu l'entendras quand même si tu veux m'avoir comme crêpière. Décorer ici un bonhomme sorti de nulle part, ce n'est pas normal. Pourquoi ici et pas en grande pompe à Quimper ou ailleurs ? Et qu'est-ce qu'il a fabriqué dans la Résistance dont il aurait à se vanter plus de trente ans après ? C'est louche. D'après Jean-François, tant que de Gaulle a été en vie il a regardé à la loupe la liste des gens à décorer, pour éliminer ceux qui n'avaient pas été très clairs pendant la guerre. Pompidou a été moins regardant et maintenant avec Giscard on peut s'attendre à ce que certaines cochonneries soient effacées.

— Beaucoup d'eau a coulé sous les ponts.

— Tu as déjà rincé des draps au lavoir ? Il en faut une sacrée quantité d'eau propre du ruisseau pour chasser la crasse du linge sale.

— Je ne fais pas de politique. Je m'occupe de la commune, ça me suffit.

— Je ne te reproche rien, tu connais ton métier.

Yann Quimerc'h avait été secrétaire de mairie dans le Trégor. A l'âge de la retraite, veuf sans enfants, il était revenu au pays habiter la maison héritée de ses parents, d'anciens marchands de vêtements qui avaient bien gagné leur croûte à l'époque où il y avait foule dans le bourg le jeudi, jour du marché.

Aujourd'hui que les jeunes font des études et partent travailler ailleurs, que les moins jeunes ont des voitures et vont faire leurs courses dans les supermarchés, à part le café-tabac et la boulangerie qui changent de propriétaires presque aussi souvent qu'on fête la Saint-Jean, la rue principale n'est plus qu'un alignement de boutiques vides, de vitrines passées au blanc d'Espagne et encadrées de bois vermoulu que plus personne ne repeint, sauf quelques-unes, comme celle du commerce de nouveautés des parents de Yann Quimerc'h, qu'il avait agrémentée d'un rideau de tulle et de doubles rideaux en velours qu'il tirait le soir sur le commerce transformé en salon, en living comme on dit maintenant.

Toutes les maisons du bourg n'ont pas eu cette chance. La plupart sont abandonnées aux souris, à la vrillette et au mérule. Monter et descendre la grand-rue c'est comme longer les allées d'un cimetière. Il faut avoir mon âge pour entendre encore tinter gaiement les clochettes des portes de tous les commerces qu'il y avait du temps du docteur Cogan, trois boulangeries, deux boucheries-charcuteries, une quincaillerie, un bazar, une maison de la presse qui faisait un peu librairie, un café-tabac, une demi-douzaine de bistrots et une boutique de photographe qui marchait bien avec les portraits de famille retouchés que même les pauvres se payaient à force d'économies, et aussi avec les groupes de noces que les cent ou deux cents invités, quand ce n'était pas trois cents, commandaient pendant le repas, sans hésiter.

Derrière les maisons, dans les cours, il y avait des ateliers d'artisans, menuisier, couvreur et bien entendu un forgeron qui n'arrêtait pas de ferrer les chevaux avant qu'on ne les remplace par des tracteurs. Sur des terres où il n'y a plus qu'un agriculteur équipé d'énormes machines qui valent des millions, il y avait autrefois dix paysans à se partager la même surface, et leurs enfants ne crevaient pas de faim. On se demande vraiment où on va.

Yann Quimerc'h faisait tout son possible pour réveiller le bourg, et c'était aussi pour ça qu'on l'avait élu, parce qu'il savait, en tant qu'ancien secrétaire de mairie, comment remplir les papiers pour obtenir des subventions, et grâce à lui le Conseil général avait débloqué des crédits pour l'embellissement du bourg. La grand-rue avait été pavée à l'ancienne, les fils électriques enfouis, les trottoirs bitumés et au carrefour des routes de Loqueffret et de Collorec un rond-point avait été aménagé, avec au milieu une espèce de statue en schiste censée symboliser les carrières d'ardoise qui autrefois avaient contribué à la richesse du pays. A présent les touristes qui traversent le bourg pour aller au chaos de Huelgoat ou au mont Saint-Michel de Brasparts, ont autre chose à contempler que des maisons vides.

Mais le plus important a été la Maison pour tous que Yann Quimerc'h avait réussi à faire construire, chauffée par un poêle à bois qu'on avait du plaisir à allumer en hiver. On avait l'impression de participer à une veillée du bon vieux temps. Les gens se retrouvaient pour jouer à la belote, danser la gavotte dardoup autant que l'ankylose le permettait, servir le goûter aux vieux une fois par mois. Et puis il y avait, approvisionnée par la bibliothèque départementale, la bibliothèque municipale, dont je m'occupais et dont j'étais la principale emprunteuse, soit dit en passant. Les livres, c'est ce qui m'a permis de m'élever un peu au-dessus de ma condition de paour kezh treut[1]. Et je dois mettre en tête de liste les romans que m'avait donné à lire le bon docteur Cogan, avant-guerre. La Maison pour tous, c'était à l'époque où j'étais encore en activité, dame de service à l'école primaire, comme je te l'ai dit. Mais revenons à nos moutons.

— Tu ne m'as pas répondu franchement, m'a dit Yann Quimerc'h. Je peux compter sur toi pour les crêpes, oui ou non ?

J'ai haussé les épaules.

— Je ne peux pas te refuser ça.

— Mat tre, Yvonne.

Channig Bolazec a été contente de participer et on a décidé qu'on ne ferait pas de crêpes de blé noir à notre façon, avec seulement de la farine de sarrasin, de l'eau et du sel, et fines comme du papier à cigarette. La bilig doit toujours être à bonne température, trop compliqué à servir à des gens qui viendraient quand ça leur chanterait, par intermittence. On en a conclu que sur une bilig on ferait des froment et sur la deuxième des galettes, mais pas ce qu'ils appellent galettes dans les crêperies à touristes et qui ne sont en réalité que des crêpes plus épaisses, non, des vraies, selon la recette héritée de nos grand-mères : une forte proportion de sarrasin, de la farine de froment et du lait ribot pour lier la pâte. C'est le lait ribot qui leur donne leur moelleux, et on a moins à s'inquiéter de la température de la bilig. Un peu plus ou un peu moins de cuisson ne change pas grand-chose.

---

1. Littéralement : pauvre hère maigre. Nécessiteux, pauvre d'entre les pauvres.

J'ai ressorti de l'armoire la tenue de mariée de Mamm, oh ne va pas croire que c'était une robe blanche avec une traîne longue comme une queue de paon, non, des habits sans prétention d'une fille de la campagne qui n'avait pas de sous à jeter par la fenêtre : une robe en velours noir, décolletée en rond et à manches longues, et en guise d'ornement un tablier blanc brodé dans le bas de pivoines roses. Coup de chance, j'avais dans mes affaires des escarpins noirs à bride pareils que ceux que Mamm portait sur sa photo de mariage. La coiffe de Spézet, plus un bonnet qu'une coiffe, je dirais, n'est pas très difficile à porter : j'ai relevé mes cheveux sur le devant comme à la mode d'autrefois, dégagé la nuque en chignon, et la coiffe m'est allée là-dessus comme un gant. Quand je me suis regardée dans la glace, habillée comme Mamm, ça m'a fait tout drôle, et sans doute encore plus parce que j'ai un fils sans jamais avoir eu à dire oui à un homme devant monsieur le maire. Mais pour l'instant ce n'est pas d'actualité, on verra ça le moment venu.

Channig Bolazec a déniché une coiffe de Huelgoat, qui se porte de la même façon que celle de Spézet, et il n'y a pas beaucoup de différences entre les deux. Sa robe en velours était un peu plus chic que la mienne, ornée d'une large collerette en dentelle qui mettait en valeur le ruban noir autour de son cou, fermé par un médaillon en camée qui représentait un cygne. Ce qui gâchait un peu l'ensemble, c'étaient ses bas à varices, mais bon, c'est vrai qu'on risquait de rester debout sur nos jambes un certain temps. Quoi qu'il en soit, on était assez fières de nos tenues, même si on s'était habillées comme ça pour la galerie.

— On sent un peu l'antimite, j'ai dit à Channig Bolazec lorsqu'on s'est retrouvées à l'école pour confectionner la pâte.

— T'inquiète pas, tout à l'heure on sentira la galette au lard, elle a dit en riant.

Notre stand était dressé sous le préau, entre l'exposition de champignons et l'étal des géologues. Des hommes ont apporté des bouteilles de butane et branché le gaz sur nos bilig. On avait chacune à portée de la main un saladier en terre cuite avec la pâte, une motte de beurre et sur une longue table derrière nous tous les ingrédients nécessaires pour garnir les crêpes sucrées et les galettes de blé noir.

On était aux premières loges pour assister à la cérémonie, en face de l'estrade qui cachait une partie de la maison du docteur Cogan. J'avais du mal à la regarder, tellement elle me rappelait de souvenirs. La plaque à dévoiler était recouverte d'un drapeau tricolore.

Vers onze heures le défilé des 404 Peugeot et des DS Citroën a commencé, et je m'en fichais bien de savoir qui était assis à l'intérieur, lequel des pennoù bras[1] était le sous-préfet ou le président du Conseil général, je n'allais pas faire des courbettes à ces gens-là qui s'ils n'avaient pas été conduits par des chauffeurs en casquette n'auraient jamais trouvé la route de Plouvern. En descendant de voiture ça vous toisait en frisant le nez et on pouvait lire dans leurs pensées ah kaorc'h ki du[2], quel trou perdu, vivement que la corvée soit terminée.

1. Grosses têtes.
2. Merde de chien noir.

Ils se sont tous alignés devant la maison du docteur Cogan, face à l'estrade. A distance respectueuse, il y avait des gens du bourg, principalement des vieux du club du troisième âge attirés par le buffet et la perspective de s'en mettre plein la lampe.

— A ceux-là il faudra restreindre le beurre sur les crêpes, s'agirait pas de faire exploser leur taux de cholestérol, j'ai soufflé à Channig Bolazec.

— Toi alors, t'en rates pas une ! elle a pouffé dans sa collerette.

Son écharpe de maire en travers du bidon, Yann Quimerc'h est monté sur l'estrade. C'était à lui de parler en premier. Il avait eu la prudence d'agrafer les feuilles de son discours car il aurait été bien embêté qu'elles s'envolent. Dès les premiers mots, j'ai su tout de suite que ce n'était pas lui qui l'avait écrit, mais bien la maîtresse d'école.

— Monsieur le sous-préfet, monsieur le président du Conseil général, mesdames, messieurs, chers concitoyens, chères concitoyennes…

Hé ben voilà, toujours pareil, les concitoyennes après tout le monde, pas demain la veille qu'on sera en tête de liste, je me suis dit.

— C'est avec une émotion que nous partageons tous, j'en suis sûr, qu'aujourd'hui, les larmes aux yeux, je considère cette plaque qui dans un instant sera dévoilée. Dans cette maison a vécu un grand homme, un époux, un père de trois enfants, un médecin dévoué qui jamais ne compta ses heures, à qui bon nombre d'entre vous ici doivent d'être nés, un lettré, un humaniste qui jamais ne désespéra de l'homme, malgré les aléas de l'Histoire…

Le sous-préfet a carrément noyé le poisson. C'était son intérêt. Il avait beau venir d'Alsace, il n'était pas sans savoir que dans les archives gisaient depuis la fin de la guerre des dossiers pas très propres de pétainistes. Du docteur Cogan, il a à peine parlé, préférant passer de la pommade aux Bretons, ah la Bretagne terre de résistance, les glorieux maquis des monts d'Arrée et tout ce qui s'ensuit, pour terminer par une envolée de grands mots, réconciliation nationale, amitié franco-allemande, vive la république, vive la France !

— Et vive la Banque de France, j'ai dit à Channig Bolazec, et elle a encore pouffé dans son décolleté.

Le président du Conseil général est resté les yeux fixés sur ses notes comme la cigogne de la fable devant l'assiettée de soupe servie par le renard. Facile à deviner, le sous-préfet lui avait ôté les mots de la bouche. Je serai bref, il a dit. Ne pouvant pas répéter le discours du sous-préfet, il a parlé gros sous, et comment le Conseil général avait débloqué des crédits pour embellir le bourg, et que ce n'était pas fini, qu'il y avait d'autres projets dans les tiroirs, un lotissement HLM, une zone artisanale, une médiathèque, mais du destin du docteur Cogan, pas un mot non plus.

Yann Quimerc'h est descendu de l'estrade et a invité une fillette et un garçonnet à le rejoindre devant la plaque. D'un gracieux mouvement les enfants ont tiré ensemble sur la ficelle. Yann Quimerc'h a rattrapé le drapeau. Qu'il tombe par terre, ça n'aurait pas été du meilleur effet vis-à-vis du sous-préfet de la République.

Le biniaouer a rempli d'air la poche de son biniou bras, les bourdons ont bourdonné et les officiels se sont mis au garde-à-vous pour écouter un air funèbre,

Amazing Grace qu'on m'a dit que ça s'appelle, et peut-être qu'en anglais ça veut dire sonnerie aux morts, émouvant au point que ça nous a retournées Channig Bolazec et moi, mais s'il y en avait une qui avait de bonnes raisons de pleurer, c'était bien moi.

Et puis on a allumé le gaz sous nos bilig, au ralenti, pour qu'il n'y ait plus qu'à pousser les feux au moment où ces messieurs-dames viendraient déguster nos crêpes.

Là-dessus le chauffeur de la sous-préfecture est monté sur l'estrade en portant une médaille sur un coussin comme un enfant de chœur porte les saintes huiles, et le sous-préfet a invité le futur décoré à rejoindre la compagnie. Il devait être assez court sur pattes car je n'ai pas réussi à bien le voir quand il a fendu en deux le groupe de vieux du club du troisième âge, un peu durs à remuer. Quoi qu'il en soit, parlocher[1] ou pas, il avait de l'agilité car au lieu de monter les trois marches il a sauté d'un bond sur l'estrade où il m'est resté caché derrière le président du Conseil général et le gros ventre de Yann Quimerc'h.

Le sous-préfet a repris la parole et tout d'un coup j'ai trouvé à qui me faisaient penser sa haute stature, ses cheveux blonds, sa mâchoire carrée et son accent : au lieutenant-colonel allemand qui était venu sonner à la porte de la maison des Cogan, pendant l'Occupation. De tête, il a récité la carrière de l'homme invisible. Entré dans la police comme simple gardien de la paix, avait gravi tous les échelons jusqu'au grade de commissaire, et de commissaire principal mar plij[2], à titre

---

1. De parlochañ, marcher à quatre pattes.
2. S'il vous plaît.

honoraire, pour prendre une retraite bien méritée, à Commana, la terre de ses ancêtres. Représentant de l'ordre et des lois de la République, sans jamais faillir, au cours de sa longue carrière où il avait exercé ses fonctions à Paris, dans le Nord, dans le Midi et en Corse, c'est pendant la guerre, ici même, dans les monts d'Arrée, qu'il avait donné le meilleur de lui-même en mettant à profit ses fonctions d'inspecteur de police à Morlaix pour infiltrer la Gestapo et la Milice. Au péril de sa vie il avait renseigné la Résistance et permis d'éviter bien des rafles, mais pas toutes, à son grand regret, et c'est pourquoi il avait tenu à associer sa décoration à cette cérémonie.

J'ai tiqué. Ce n'était pas très clair. Moi qui connaissais le fond du fond de l'histoire, je ne voyais pas du tout quel rôle ce bonhomme-là avait pu jouer en faveur du docteur Cogan. Un héros inconnu ? Et Jean-François, qui avait été l'un des chefs du maquis, n'en aurait jamais entendu parler ? Qu'est-ce qu'il était venu chercher ici, ce bonhomme ?

Le sous-préfet a pris la croix sur le coussin et d'une voix de paotr saout[1] qui gueule après des génisses capricieuses, il a presque hurlé :

— Approchez-vous, Gontran de Ploumagar !

Yann Quimerc'h et le président du Conseil général ont reculé, le bonhomme s'est avancé et j'en suis restée bouche bée.

Tout le passé m'est revenu en pleine figure comme un retour de flammes dans le foyer du fourneau. Non, pas lui, je me suis dit, pas cette ordure sortie du trou

1. Garçon vacher.

de fumier de l'Occupation. Un monsieur DE, en plus. De Ploumagar ! Salopard, oui ! J'ai cru que j'allais dégobiller tripes et boyaux. J'ai éteint le gaz sous ma bilig.

— Mais qu'est-ce tu fais donc ? s'est étonnée Channig Bolazec.

— Je fiche le camp.

— Tu me laisses toute seule, juste quand le *linche* va commencer ?

— Le *linche*, comme tu dis, ils peuvent se le mettre où je pense. Je rends mon tablier.

— Tu es toute pâlotte. Qu'est-ce qui t'arrive ?

— L'air est devenu irrespirable.

— Mais où tu vas ?

— Prévenir Jean-François de venir casser la gueule à quelqu'un.

2

Je suis née en 1922 et j'allais donc sur mes treize ans quand le docteur Cogan s'est installé à Plouvern avec sa femme et leurs deux petites filles, en 1935.

Dans mon enfance je n'ai pas eu à me plaindre de quoi que ce soit. Je ne dirais pas que je n'ai manqué de rien, ce serait mentir et oublier les habits neufs achetés seulement une fois le temps au magasin de nouveautés des Quimerc'h, les sabots ressemelés de bouts de pneus de vélos découpés en lanières, et dans leurs bocaux les bonbons, les bâtons de réglisse et les souris en chocolat sur lesquels on lorgnait au bureau de tabac du bourg et qui ne risquaient pas de nous gâter les dents, parce que ce n'était pas tous les jours qu'on en suçait et quand par hasard on en suçait ce n'était pas avec la faim, parce qu'on n'a jamais eu faim. Ni froid non plus à l'intérieur de la maison. Dehors, c'est une autre histoire. Tu le sais aussi bien que moi, Marie-Françoise, dans les monts d'Arrée et encore plus là-haut où on habitait dans la montagne, en hiver il peut geler à t'obliger à casser la glace sur l'eau des vaches et la bise peut être tellement mordante que tu as les lèvres comme la croûte d'un gâteau breton trop cuit, mais bon, il suffisait de bien se couvrir pour ne pas attraper du mal.

Tad mettait sa toque en fourrure qu'il avait ramenée d'Allemagne, un cadeau d'un prisonnier russe, une sorte de casquette à oreilles tombantes qui lui donnait l'air d'un homme de Cro-Magnon, et sa chapka, comme il disait, il la mettait pour aller bûcheronner. Qu'il pleuve, qu'il vente ou qu'il neige, c'était son occupation de l'hiver. Jean-François et moi, aînés des marmouz[1], on faisait les fagots, et plus tard Jean-François a appris à manier la hache et le passe-partout, ce qui a déclenché sa vocation de menuisier.

Du bois, à condition de se donner la peine de le couper, on en avait à ne plus savoir qu'en faire, pour le fourneau dans le pennti et le foyer dans le loch-tan[2], collé au pignon nord, où Mamm cuisait des marmitées de boued pemoc'h[3]. Le pennti n'était pas si petit que ça. Autour de la table on avait de quoi bouger et assez de place pour dormir dans les coins, et puis surtout il y avait le grenier où Jean-François et moi on montait par une échelle de meunier quand on a été quatre enfants, les deux derniers restant en bas avec les parents. Au lit, on se recouvrait d'un édredon en plumes aussi bossu que le mont Saint-Michel de Brasparts. Chouchés[4] là-dessous on ne voyait pas l'horizon, on était comme des petits oiseaux au fond du nid. Il y a juste qu'en été le matelas en balle d'avoine te grattait le dos à travers la

---

1. Littéralement : singes. Petits enfants.
2. Littéralement : cabane à feu. Appentis avec un âtre.
3. Nourriture des cochons.
4. De souchañ, se tapir.

chemise légère. En hiver la chemise en pilou te protégeait des gratouillis.

C'est des bons souvenirs qui font dire aux personnes de mon âge que c'était mieux avant, alors que tout n'était pas rose, mais n'importe comment, quoi qu'on fasse et quoi qu'on devienne, journalier corvéable à merci ou grosse tête à Paris, l'enfance auprès de parents qui vous aiment et vous protègent restera toujours la meilleure portion de l'existence. Brammous[1], on ne réfléchit pas, on n'a aucun souci.

Avec le remembrement et les talus qu'on défonce pour transformer la campagne en plaine d'Ukraine comme disait Jean-François – et il ajoutait, c'était sa marotte : « Bientôt ils pourront moissonner d'une seule traite d'ici à Châteauneuf-du-Faou » –, les gens d'aujourd'hui ont du mal à imaginer qu'une famille, même nombreuse, pouvait se nourrir sur dix hectares de terre. Lorsque j'ai eu l'âge de raison et que j'ai ouvert les yeux sur mon environnement, j'ai vu grâce à quoi on ne manquait de rien, sinon du superflu, dont on n'avait d'ailleurs aucune idée.

On avait généralement trois pie-noires, parfois quatre si Tad décidait de garder un veau. Pour le taureau, les vaches étaient menées chez un voisin. Elles passaient l'hiver à l'étable, un bien grand mot pour un loch en planches collé au pignon sud du pennti et couvert d'un mélange de genêt, d'ajonc et de broenn[2] récolté dans les marécages du bord de l'Elez et tenu en place par des fils de fer et des pierres plates. On avait une

1. De brammañ, péter. Bébé, enfant en bas âge.
2. Jonc.

truie et les petits cochons étaient vendus au marché de Huelgoat, sauf un qu'on gardait dans son enclos et qui finissait à l'automne en andouilles dans la cheminée et en lard dans le charnier. On avait des poules et des lapins. On avait un liorzh[1] qui donnait des patates et des légumes. On avait un cheval de labour, ah celui-là c'était un bon Dieu à vénérer, on se préoccupait plus de sa santé que de la nôtre. Il tenait compagnie aux vaches dans l'étable. En plus, Tad chassait avec son vieux fusil de guerre transformé en fusil de chasse à un coup. Il économisait les cartouches qu'il achetait chez le bijoutier de Huelgoat qui faisait aussi armurier. Une cartouche, une pièce, un jour un lapin de garenne qui parfois sentait tellement fort que Mamm devait mettre pas mal de laurier dans le civet pour recouvrir le goût de genêt. Un autre jour, il tuait un lièvre de quatre kilos qui nous durait une semaine. Il tirait des pigeons à l'affût, en fin de journée, dans le bois de mélèzes. C'était rare qu'il tire des perdreaux, de peur de rater. Il lui aurait fallu un fusil à deux coups et des cartouches à gâcher. Finalement, à récapituler tout ça, je me dis qu'il y avait plus mal lotis que nous.

Alors que le pennti était assez loin de tout, on a été parmi les premiers à avoir l'électricité, grâce à l'usine hydroélectrique de Saint-Herbot construite dans l'entre-deux-guerres, alimentée par l'eau qui descend du barrage cent mètres plus haut par un gros tuyau qui a remplacé la cascade, et à l'époque on avait trouvé ça dommage parce qu'on aimait bien aller regarder le torrent bondir sur les cailloux. En 1943, l'usine a été

1. Jardin potager, courtil.

mitraillée deux ou trois fois par des avions anglais, mais sans gros dégâts. Avec les Cogan, malgré le plaisir d'être survolés par des avions alliés, on avait eu drôlement peur. Mais il y a encore beaucoup de chemin à parcourir avant d'arriver en 1943. Il ne faut pas que je mange ma tartine avant d'avoir étalé le beurre dessus.

Si les bombardements de l'usine nous avaient privés de courant, ça ne nous aurait pas tellement gênés. On n'avait pas d'appareils électriques. Les écrémeuses à moteur sont venues après la guerre. On aurait pu avoir un poste de radio, mais je suppose que les parents n'avaient pas de quoi se le payer. L'électricité nous servait juste pour l'éclairage. Comme Tad et Mamm n'arrivaient pas à s'ôter de la tête que c'était un luxe inouï, on n'avait en tout et pour tout que deux ampoules. Une de quinze ou vingt watts, au plafond au-dessus de la table et une plus forte, de cent watts, dans l'étable, parce que là c'était préférable d'y voir clair, au moment de la traite des vaches, quand les jours diminuaient. Quand Mamm et moi on rentrait avec nos seaux de lait dans la maison, Tad ne manquait jamais de nous poser la question : « Vous avez éteint sur les vaches ? », et malgré qu'on réponde oui, sous prétexte d'aller pisser dehors il allait vérifier qu'on n'avait pas menti. Cette obsession à économiser le courant m'a marquée pour la vie. Aujourd'hui qu'on gaspille l'électricité, moi je ne laisse jamais allumé dans une pièce où je ne suis pas et je me contente d'ampoules de faible puissance. On dit que ce n'est pas bon pour la vue, mais quand je pense à Mamm, qui cousait, reprisait et brodait dans la pénombre et n'a porté de lunettes qu'à la fin de sa vie, je me dis que ce n'est pas vrai pour tous les yeux.

Et Tad, on aurait dit que plus il vieillissait, plus sa vue s'affûtait. A soixante-quinze ans il était encore capable de distinguer un épervier d'un faucon en train de tourner en rond au-dessus du Roc'h Begheor et de lire et commenter à voix haute les avis d'obsèques dans le journal. Tad avait appris à lire au service militaire et pendant la guerre 14-18 il avait amélioré son vocabulaire au contact de soldats d'autres régions.

C'est en fréquentant les gens du bourg que dans sa jeunesse Mamm avait appris un peu de français, mais comme en breton les genres sont différents, elle mélangeait le masculin et le féminin, par exemple elle disait *une* couteau et *un* assiette, et en plus elle arrangeait ses phrases à la façon bretonne, ce qui nous faisait beaucoup rire, Jean-François et moi, après un an d'école, quand on a eu su baragouiner le français.

Les voisins ne grouillaient pas dans notre coin de Rozarbig[1], au milieu des rozioù[2] de toutes sortes, Rozmeur, la grande butte, Rozbihan, la petite, Rozvoalic, la petite chauve, et Rozaour donc !, la butte de l'or qui nous faisait saliver après des richesses, où en passant on essayait de repérer des pépites parmi les cailloux déchaussés des talus.

Par la route, l'école était distante de quatre kilomètres et seulement de trois si on coupait à travers la campagne, selon notre goût et le temps qu'il faisait. A la mauvaise saison, on s'arrangeait pour rester les pieds au sec sur la route ou en longeant l'orée de la forêt ou bien l'allée déboisée sous les fils électriques.

---

1. Butte de la pie.
2. Buttes, collines, tertres.

A la belle saison, on allait par les prairies humides et je ramassais des fleurs sauvages pour la maîtresse. Les cahiers et les livres restaient en classe, on n'avait que notre baluchon avec notre casse-croûte de midi à trimballer.

Il y avait une longue prairie où il fallait se méfier dès que le temps tournait à l'orage. C'était un vallon bordé de chaque côté par des landes et des saules. La chaleur s'emmagasinait dans ce traoñ[1] et ce n'était pas pour rien que l'endroit avait été nommé toull-an-naer[2]. Jean-François m'ouvrait le chemin en tapant par terre avec un bâton et on voyait des vipères onduler vers leurs trous. On n'a jamais été piqués. Au retour, assez souvent on traînait. Jean-François attrapait des truites dans le ruisseau en leur caressant le ventre et hop, d'un coup il les balançait dans l'herbe. Il leur passait une branche de noisetier dans les ouïes et ça faisait comme un bouquet de poissons, que je portais fièrement. Mamm faisait frire les truites dans le beurre et on se régalait. Je n'ai jamais mangé de caviar, mais je ne pense pas que quelque chose puisse être meilleur que ne l'étaient ces truites de notre jeunesse. On aurait dit que la menthe sauvage qui poussait le long des rivières les avait parfumées.

Jean-François dénichait des oiseaux, pour collectionner les œufs qu'il vidait avec une épingle, autrement ils auraient été vite remplis d'asticots. Je me souviens d'un nid de tourterelles des bois, en haut d'un hêtre où Jean-François n'avait pas trop de mal à monter. D'après lui

---

1. Fond, vallée.
2. Trou du serpent/à serpents.

il y avait quatre petits qui grossissaient à vue d'œil. Il guettait le moment d'en prendre une juste pile avant qu'elles ne quittent le nid. Et c'est arrivé. Un jour il est redescendu avec un oiseau contre sa poitrine, sous sa chemise reboutonnée jusqu'au cou, et avec beaucoup de précautions il m'a donné la tourterelle et je l'ai prise dans mes mains, sans trop oser serrer, et je sentais son petit cœur battre contre ma peau. La tourterelle des bois est un oiseau magnifique, avec sa poitrine violet foncé, son collier en damier, les ailes marron et noir comme celles d'une bécasse et la queue noire frangée de blanc. Je suis sûre qu'aujourd'hui les gens ne savent plus à quoi ça ressemble, car elles ont à peu près disparu, alors que les autres, les tourterelles turques, les grises, ont proliféré. J'ai gardé la tourterelle dans un panier en osier retourné et je la nourrissais de tiges de plantain que j'égrenais. Et puis un beau jour j'ai eu pitié d'elle, je l'ai relâchée.

Quand Jean-François a arrêté l'école, je suis allée toute seule au bourg, en prenant soin de passer à l'écart de toull-an-naer. Comme en classe on lisait des contes, je me faisais peur d'autres façons. Un ogre allait surgir et me cuisiner à la broche, ou bien une meute de loups allait me dévorer. Enfin, une chose est sûre, je n'aurais pas été aussi idiote que le Petit Chaperon rouge qui confond un loup avec sa grand-mère. Je me disais qu'il y a tout de même des différences entre les contes et la réalité.

Né en 1919, Jean-François m'a donc précédée sur terre de trois ans, et on est restés seuls enfants tous les deux jusqu'à la naissance d'Anne-Marie en 1928, puis de Joseph en 1930. J'avais donc respectivement six et huit ans quand ils sont nés et pour jouer à la maman ah ça j'ai joué à la maman avec eux. Donné la bouillie, changé, lavé, bercé, appris à marcher. A douze ans j'aurais pu avoir mon brevet de puéricultrice au lieu du certificat d'études primaires. Si on m'avait dit que l'expérience des petits me servirait bientôt et changerait ma vie je ne l'aurais pas cru.

Le certificat d'études, il n'y avait pas beaucoup de filles à l'avoir, si bien que la question s'est posée de continuer ou pas. L'institutrice voulait que j'aille jusqu'au brevet avec une bourse qu'elle s'arrangerait pour m'avoir, mais le cours complémentaire ça voulait dire aller en pension à Brasparts, sinon Morlaix ou Carhaix, et ça ne m'enchantait pas du tout. Il y avait aussi la possibilité d'aller à l'école des religieuses du bourg apprendre les arts ménagers, comme la plupart des copines de l'école primaire.

On avait tous été baptisés pour ne pas être montrés du doigt, mais en 1925 Tad avait adhéré à la SFIO, ce qui suffisait à le peindre en rouge vif. Il ne pouvait pas blairer les curés ni les bonnes sœurs. Il a dit :

— D'abord, sur les arts ménagers, Yvonne pourrait leur en remontrer, aux bonnes sœurs. Ensuite, cette école, c'est un bureau de recrutement. Combien de filles sont parties de là pour un couvent ? Tu veux prendre le voile ?

— Sûrement pas !

— Alors on avisera. Pour l'instant, tu ne manqueras pas d'occupation à la maison.

Leur tour étant venu d'aller à l'école, j'aurais Anne-Marie et Joseph à emmener tous les matins et à ramener tous les soirs, et la terre et les animaux ne te laissent pas le temps de t'ennuyer. Mamm ne serait pas contre d'avoir sa fille aînée sous la main. Elle avait bien mérité un peu de repos. Et puis après, l'âge venu, j'irais danser au pardon des Cieux de Huelgoat, je rencontrerais un garçon, me marierais de bonne heure, on se placerait tous les deux dans une grande ferme de Châteauneuf-du-Faou, ou bien, si par chance le garçon avait un bon métier, on partirait habiter en ville. Et voilà, mon destin de fille de la campagne était tracé, du moins en gros pointillés et avec quelques inconnues, notamment un bon mari à me dégotter. Je n'avais pas le caractère à m'amouracher d'un nikun[1] ou d'un koll-boued[2] qui mangerait l'argent du ménage.

Ce n'est pas à cause du bon Dieu en qui on ne croyait pas et en qui je ne crois toujours pas que j'ai dérogé à mon destin, c'est la SFIO, si on peut dire, qui m'a mise sur une autre voie. La section du parti était dirigée par le docteur Quilliou et ça ne faisait aucun doute qu'il deviendrait un jour maire de la commune. Il n'aurait qu'à claquer des doigts, tout le monde voterait pour lui, disait Tad. Seulement voilà, de même que les cordonniers sont les plus mal chaussés, les médecins de campagne sont les plus mal lotis, question santé. Ils ne se ménagent pas, n'ont pas le temps de faire des enfants, ne s'examinent pas, enfin je crois.

L'année de mes onze ans, en 1933, le docteur Quilliou était mort d'une crise cardiaque alors qu'il

1. Individu quelconque.
2. Fainéant, bon à rien qui ne mérite pas la nourriture qu'on lui donne.

avait à peine cinquante ans, comme ça, d'un coup, en une minute, comme s'il avait été frappé par la foudre. Les candidats ne s'étaient pas bousculés pour venir s'enterrer à Plouvern. Depuis deux ans la commune n'avait plus de médecin, il fallait faire venir celui de Huelgoat et souvent c'était trop tard, car les gens se soignaient à leur manière, avec des plantes ou un bon coup de lambig, ou encore, en cas de maux de ventre, avec de la bouillie bien chaude à garder dessus dans un torchon. Si c'était l'appendicite, elle avait cent fois le temps de tourner en péritonite et c'était le cercueil garanti après l'opération en catastrophe à l'hôpital de Morlaix. On n'avait pas encore découvert les antibiotiques, le corps se défendait tout seul ou rendait les armes, c'était une question de chance ou de constitution.

Je dois dire que nous autres on avait de bons gènes. Le docteur Quilliou, quand il s'arrêtait à Rozarbig, ce n'était pas pour nous ausculter mais pour parler politique avec Tad et boire un bol de cidre ou de café arrosé, s'il faisait froid. Après sa mort, Tad était resté en contact avec sa veuve, Bénédicte Quilliou, qu'il côtoyait aux réunions de la SFIO.

Et voilà donc qu'il nous annonce, l'année de mes treize ans, la bouche en cœur et au milieu de tout[1] :

— Quilliou a un successeur, un nommé Cogan. Et la femme est infirmière, ce qui ne gâche rien. Avec eux, la commune va être greillée[2]. Ils viennent de s'installer au bourg.

— Où ça au bourg ? a dit Mamm.

1. Bretonnisme. Soudain, tout à coup.
2. De greiañ, équiper.

— Les malades n'auront pas à chercher la route du cabinet. Chez Quilliou. Bénédicte leur a loué la maison. Elle habitera chez sa mère. Deux veuves, elles se tiendront compagnie.

— Et Bretons ils sont ?

— Parisiens.

— Des Parisiens, à Plouvern ?

— Tous ne détestent pas la campagne.

Là-dessus Tad a demandé à Mamm :

— Bon, tu crois que tu pourras te passer de ta fille aînée ?

Mamm n'était pas née de la dernière averse, elle a deviné qu'il y avait anguille sous roche.

— Dire de suite ce que tu as derrière la tête tu ferais mieux.

— Le nouveau docteur et sa femme cherchent une bonne pour s'occuper de leurs enfants. Quelqu'un qui sache lire et écrire et s'y connaisse en marmouz. Bénédicte a pensé à Yvonne.

— Et toi aussi ?

— Ben oui. Ce serait l'occasion pour elle de se sortir d'ici.

— Quoi ? Elle n'a pas été bien élevée à Rozarbig ?

— Je n'ai pas dit ça. Mais Yvonne a des horizons à découvrir. Au service d'un docteur elle apprendrait beaucoup, et peut-être bien que ça pourrait lui déclencher une vocation.

— D'infirmière ?

— Pourquoi pas ?

— Ça te plairait ? m'a demandé Mamm.

Moi, je n'avais qu'une peur, c'est qu'elle dise non, parce que je m'y voyais déjà.

— Oh ben oui !
— Alors tu iras te présenter.
— Quand ?
— Demain, vers une heure et demie, a dit Tad. Le docteur Cogan te recevra avant de commencer ses consultations.
— Pemoc'h ! s'est écriée Mamm. Tout était donc déjà arrangé avec toi ?
— Si tu avais dit non j'aurais annulé.

Parmi les idées qui me tourbillonnaient dans la tête, il y en a une qui a pris le dessus : comment j'allais m'habiller ? En dimanche ? S'il s'était agi d'aller chez le docteur Quilliou je n'aurais pas été intimidée, encore que je n'étais jamais entrée dans sa maison. A Rozarbig, maintes fois je lui avais servi son coup à boire quand il passait dire bonjour. Avec ses bottes en caoutchouc et sa grosse veste en velours qu'il portait pour visiter ses malades, il avait l'air d'un bon paysan et de ce fait c'était plus le copain de Tad qu'une personnalité qu'on accueillait à notre table. Mais ce nouveau docteur et sa femme étaient sûrement des gens chics puisqu'ils venaient de Paris. Une mère sait se mettre à la place de sa fille, Mamm a lu dans mes pensées.

— Propre sur toi il faudra être, elle a décrété. Et tu iras par la route, autrement à travers les prairies crottées elles seront, tes socquettes blanches et tes chaussures neuves.

3

Les deux plus belles maisons d'un bourg comme Plouvern, ce n'est pas la peine de se demander à qui elles appartiennent, c'est forcément au notaire et au médecin. Dans certains endroits calotins, elles sont concurrencées par un presbytère de dix ou quinze pièces, là où il y a un recteur, des abbés et une ribambelle de vicaires plus une équipe de karabasenn[1] pour laver leurs caleçons et leur mijoter des petits plats, mais à Plouvern on n'était pas envahis par les soutanes. Comme église on n'avait que la chapelle Sainte-Brigitte, qui prenait l'eau par les pignons. Le curé de Saint-Herbot venait y dire la messe une fois le temps, et particulièrement le jour où l'on fête les Brigitte, et les bigots avaient intérêt à bien se couvrir car en février il peut arriver que le lac de Huelgoat soit gelé et si je veux bien admettre que Jésus puisse enflammer les cœurs et guérir les cerveaux déprimés, ça m'étonnerait qu'il réchauffe les derrières et les pieds frigorifiés.

1. Bonnes du curé.

La maison du docteur Cogan se trouvait au bout de la grand-rue, à proximité du croisement des routes de Morlaix et de Huelgoat. Clos de murs, le jardin faisait un moins deux mille mètres carrés, à mes yeux de fille de treize ans un vrai parc, avec des carrés de pelouse, des massifs de rhododendrons, de bruyères, d'azalées, un palmier, un arbre à singes et près du portail un immense tilleul qui avait donné son nom à la maison, Ker-Tilhenn. Le portail s'ouvrait sur une large allée qui menait à un perron. La porte d'entrée était flanquée de chaque côté de deux portes-fenêtres. Au-dessus, c'étaient les quatre fenêtres des chambres de devant, et encore au-dessus, dans le toit, il y avait quatre œils-de-bœuf, plus encore que tout le reste un extraordinaire signe de richesse, une fantaisie qui fait la différence entre les gens aisés et les nécessiteux.

A gauche de la maison, une voiture était garée sous un auvent. Aménagé dans ce qui avait dû être une remise ou une serre, le cabinet proprement dit était à droite et communiquait avec la maison. Je n'y avais été qu'une seule fois, une année que j'avais attrapé une vilaine bronchite qui ne passait pas. Je devais avoir six ou sept ans. Le docteur Quilliou avait prescrit des cataplasmes à la moutarde, Mamm disait des « Rigolo », parce que c'était leur marque, et qu'est-ce qu'ils vous brûlaient la peau.

Sur l'un des poteaux du portail on avait vissé une plaque en laiton toute neuve, en remplacement de celle du docteur Quilliou, et j'ai pensé que le graveur avait fait une faute d'orthographe en oubliant le *e* à la fin d'Emile :

Docteur Emil COGAN
Ancien interne des hôpitaux de Paris
Madame Fanny COGAN
Infirmière diplômée d'Etat

Il était une heure et demie pile, normalement ça devait faire bonne impression. J'ai vérifié l'état de mes socquettes blanches, défroissé ma robe et arrangé les mèches autour de mon serre-tête. Avec mes chaussures neuves, je me suis un peu tordu les chevilles sur les gravillons. Comme on ne m'avait pas dit où j'allais être reçue, je suis allée frapper à la porte du cabinet mais personne n'a répondu. J'ai monté les marches du perron et j'ai actionné le fil de fer de la cloche. Elle avait à peine tinté que la porte s'est ouverte et que j'ai eu le docteur Cogan devant moi.

Sa taille m'a impressionnée. Il est vrai que les Trédudon, sans être plus ratous[1] que les autres, ne sont pas des géants – sauf Jean-François qui à force de manier la hache et le merlin et de manger comme un ogre dans sa prime jeunesse a mieux poussé que nous –, mais cet homme-là devait mesurer pas loin d'un mètre quatre-vingts et son costume à la mode d'avant-guerre, avec la veste croisée à col châle, le grandissait encore, et sa chemise blanche et sa cravate à rayures lui donnaient l'air d'un médecin de Paris tel que je pouvais me l'imaginer alors.

Comme j'avais les yeux baissés sur mes pieds, j'ai observé que ses chaussures étaient impeccablement cirées et quand il m'a relevé la tête d'un doigt sous le

1. Littéralement : court, ras. Mot familier pour « petit ».

menton, j'ai vu que ses yeux et sa moustache à la Léon Blum étaient aussi noirs que ses souliers et qu'il avait un regard doux, comme un chien de chasse qu'on avait eu à Rozarbig, un fauve de Bretagne gentil comme tout, et c'est peut-être idiot de comparer un docteur à un chien, mais en tout cas c'est l'idée que j'ai eue sur le coup.

— Bonjour, Yvonne. Entre, je t'en prie, m'a dit le docteur Cogan et, comme si j'étais une grande dame, il s'est reculé pour me laisser entrer dans cette maison qui pour moi était un palais.

Déjà, dans le couloir, il y avait des choses que je n'avais jamais vues : un meuble portemanteau avec des cornes de chevreuil pour accrocher les vêtements et à côté une énorme potiche avec des parapluies et des cannes dedans. Par la porte de la cuisine j'ai aperçu des casseroles en cuivre accrochées au-dessus d'un énorme fourneau émaillé. De l'autre côté de la cuisine, à gauche au bout du couloir, c'était la salle à manger et le salon, une seule pièce qui m'a semblé plus vaste que la totalité de notre pennti de Rozarbig. Elle était remplie de meubles et par terre il y avait des tapis mais le plus étonnant c'était la bibliothèque qui touchait le plafond, avec une échelle pour atteindre les livres du haut. Je serais bien restée là bouche bée si le docteur Cogan n'avait pas dit à la dame assise sur un tabouret devant un piano :

— Fanny, Yvonne est arrivée.

Elle s'est levée vivement et a marché vers moi pour me prendre les deux mains et me faire tourner.

— Tu es très mignonne, Yvonne. Je suis enchantée.

Moi aussi, je lui aurais bien dit. C'était une très belle femme au teint clair, élancée, avec une figure plutôt ronde, des lèvres charnues, des yeux gris-vert et des cheveux châtain foncé qui frisaient naturellement.

— La maison te plaît ? Je serais très heureuse que tu travailles chez nous.

Prise avant même d'avoir montré mon savoir-faire, drôle d'entretien d'embauche, j'ai pensé.

— Auparavant, nous devons sacrifier à une formalité, a dit le docteur Cogan.

J'ai relevé qu'ils avaient un drôle d'accent. Et alors ? La maîtresse d'école n'avait pas le même accent que nous autres à Rozarbig, et certains élèves non plus qui ne parlaient pas breton tout à fait comme nous. J'aurais été bien en peine de décider si c'était l'accent de Paris, leur façon de rouler les *r*, puisque jamais de ma vie je n'avais causé à des Parisiens. Ils ont senti que je m'interrogeais.

— Ne crains rien, Yvonne, a dit la dame, Emil va simplement écouter ta respiration.

— Allons dans mon cabinet.

Au bout du couloir, il y avait un autre couloir plus étroit, on poussait une porte et on entrait dans le cabinet, meublé d'un beau bureau avec un fauteuil et des chaises, le lit d'examen, des appareils et des livres, encore des livres. La salle d'attente était à côté. Pour l'instant il n'y avait personne sous la verrière.

Heureusement que madame Cogan nous a accompagnés, parce que je n'étais pas trop tranquille à l'idée de me déshabiller devant un homme, médecin ou pas, avec mes poitrines, comme on disait, qui étaient déjà bien formées et que je n'avais pas envie de montrer. Je n'ai pas eu à enlever ma petite chemise. Le docteur Cogan a posé le rond en métal de son stéthoscope par-dessus le tissu, devant, derrière, en me disant « Respire par la bouche… inspire fort… expire fort… tousse… », puis il a ôté les écouteurs de ses oreilles et m'a déclarée bonne pour le service.

— Parfait ! Tu sais pourquoi je t'ai examinée ?

— Voyons, Emil, Yvonne n'est pas bête, elle se doute bien pourquoi.

— La tuberculose ? j'ai avancé du bout des lèvres.

— Hé oui ! Elle fait des ravages, Yvonne, des ravages !

Dans le pays, on n'était pas sans le savoir, à cause du sana de Huelgoat, sur la route des carrières un bâtiment en pierre de taille où je n'étais jamais allée, mais des filles de l'école qui avaient visité des malades jouaient à faire peur aux copines en décrivant les gens, hommes et femmes, allongés sur des chaises longues le long des galeries avec vue sur le lac, toussant et crachant leurs poumons entre deux séances de pneumothorax, un mot qui résonnait à nos oreilles comme un supplice consistant à vous enfoncer un tuyau en fer dans la poitrine et à insuffler de l'air à l'intérieur pour décoller la plèvre. On ne marchait pas longtemps dans les rues de Huelgoat sans croiser des gens mal fichus, pâles et les yeux cernés, car certains logeaient à l'hôtel ou dans des pensions et allaient au sana recevoir leur piqûre de je ne sais quoi.

Tad avait connu l'un d'entre eux, un nommé Fañch Abgrall. Il a sa tombe dans le cimetière de Botmeur. Né en 1906, il était devenu poitrinaire et avait dû abandonner ses études au lycée de Morlaix. Il écrivait des poèmes en breton et en français et d'après Tad il venait souvent taquiner la muse autour de Rozarbig, mais je n'ai aucun souvenir de lui. Toujours d'après Tad, il avait écrit un livre[1] pour raconter sa courte vie, achevée à vingt-quatre ans en 1930, ainsi que les soins reçus au sana de Huelgoat où il avait rencontré une amoureuse. Entre malades ils ne risquaient plus de se contaminer. Sur cette pensée, j'ai osé dire au docteur Cogan :

— Mais vous, vous risquez de l'attraper, la tuberculose.

— Ah ! si les médecins attrapaient tous les microbes qui circulent ils ne feraient pas long feu. Ils se préservent par une bonne hygiène. Se laver tout le temps les mains, porter un masque au besoin. Mais, sais-tu, Yvonne, il y a pire que la tuberculose. Cela s'appelle la peste brune.

J'avais entendu parler de la peste noire et du choléra, jamais de la peste brune. Madame Cogan a souri bizarrement. Tristement, je crois. Ils se sont regardés et j'ai eu l'impression qu'il y avait entre eux comme un secret à me taire. On est retournés dans la maison et madame Cogan m'a dit :

— Maintenant, il faut que tu fasses connaissance avec les enfants, et elle a appelé : Mathilde ! Sophie !

Deux petites filles ont dégringolé l'escalier en piaillant comme des moineaux et se sont plantées devant moi, la mine espiègle.

— Voici Yvonne qui s'occupera de vous.

— Et vous donnera la fessée quand vous ne serez pas sages, a rajouté le docteur Cogan.

---

1. *Et moi aussi, j'ai eu vingt ans !* réédité par Terre de Brume et regroupant toute son œuvre, 2000.

Elles ont pouffé et esquissé une révérence. Ah ! comme elles étaient mignonnes dans leurs petites robes à manches bouffantes et leurs ballerines à brides. Leurs bouilles rondes, qu'elles tenaient de leur mère, étaient encadrées d'anglaises brunes qui leur tombaient sur les épaules, et avec le gros nœud blanc qu'elles avaient sur le dessus de la tête elles ressemblaient à des lutins. Leurs yeux pétillaient de paillettes d'or. Oui, ils étaient dorés, il n'y a pas d'autre mot, et j'ai pensé que j'allais avoir à m'occuper de quelque chose de très précieux, ce qui n'avait ni queue ni tête parce que tous les enfants sont précieux, mais ces deux petites filles, à cause de leurs yeux d'or, m'ont paru encore plus inestimables. Mathilde, l'aînée, avait cinq ans et Sophie, trois. Elles ont couru vers le piano et Mathilde a tapoté des notes qui m'ont surprise parce que de la part d'une petite fille on s'attendrait plutôt à ce qu'elle joue il pleut, il pleut bergère.

— Par les temps qui courent il est très utile de connaître l'hymne de la République, a dit le docteur Cogan.

Je suis restée coite. Il n'y avait pas de quoi en faire un mystère, à l'école, moi aussi je l'avais chantée, *La Marseillaise*.

— Voyons si ta chambre va te plaire, a dit madame Cogan.

Leurs chambres à eux étaient au premier étage et les petites avaient chacune la leur. On est tous montés au second pour entrer dans l'une des pièces avec un œil-de-bœuf, ce que j'espérais. Un lit en merisier sur lequel les petites ont sauté, une table de nuit avec dessus une lampe de chevet et un pot de chambre à l'intérieur, une commode avec un nécessaire de toilette, cuvette et broc en faïence, une armoire où ranger mes vêtements et par terre un tapis. Ma ! Le grand luxe, Marie-Françoise, le grand luxe !

— Tu ne te sentiras pas trop isolée, seule au dernier étage ?

— Oh non !

Ce qui me subjuguait c'était de dominer le bourg. Par l'œil-de-bœuf on voyait le clocher de Sainte-Brigitte et les toits, et ce n'était pas facile, d'en haut, de les attribuer à telle ou telle maison.

On est redescendus et madame Cogan m'a montré la salle de bains et les toilettes. A part le mien, je n'aurais pas à vider de pots de chambre parce que les Cogan, y compris les petites, préféraient se lever même au milieu de la nuit pour aller aux vécés du premier. Au rez-de-chaussée il y en avait deux autres, l'un entre les couloirs et le second dans la salle d'attente, tous avec chasse d'eau, et la première fois que je tirerais sur la chaîne ce ne serait pas sans appréhender que l'eau n'arrête pas de couler.

L'heure était venue des consultations, il fallait conclure la présentation. On a parlé de ma paye, une chose à laquelle je ne pensais même plus. Madame Cogan m'a proposé une somme qui me convenait, forcément, puisque j'aurais bien travaillé pour rien dans ce palace.

— Tu sais, a dit madame Cogan, nous n'avons pas une âme de patrons. Tu m'appelleras Fanny et mon mari, devant les patients, tu lui diras docteur Cogan, mais à la maison tu lui diras Emil. Quand veux-tu débuter ? Lundi prochain ?

— J'irai te chercher à Rozarbig en voiture, vers dix heures, a dit le docteur Cogan.

— Oh ce ne sera pas la peine.

— Si, si, si, j'y tiens. Je ne voudrais pas que tu aies à porter tes affaires sur tout ce trajet.

Mes affaires, pour ce que ça représentait comme poids : une paire de chaussures aux pieds et la deuxième dans un cabas avec mes dessous, trois robes et ma chemise de nuit. Mamm a rajouté deux gants et deux serviettes de toilette malgré que Tad lui ait dit qu'on m'en fournirait certainement.

La nuit du dimanche au lundi je n'ai pas très bien dormi, excitée que j'étais. Après le lein-vihan[1] j'ai préparé mon baluchon. Anne-Marie et Joseph ne me quittaient pas d'une semelle.

— Je ne vais pas bien loin, je viendrai vous voir le dimanche, je leur répétais, sans réussir à les décrocher de mes jupons, et ils m'auraient bien attachée à un piquet pour me garder.

Au lieu de vaquer aux champs, Tad et Jean-François fistoulaient[2] autour de la maison. Mamm avait balayé trois fois par terre et rincé et essuyé autant de fois la toile cirée de la table sur laquelle elle avait disposé des bols, du gâteau de roi, des crêpes et du beurre, après quoi elle a mis un tablier propre et arrangé ses cheveux. Elle avait fait du café frais en forçant sur la dose de café au détriment de la chicorée et la cafetière était tenue au chaud sur un coin du fourneau.

---

1. Petit déjeuner.

2. Du verbe fistoulat, s'agiter, s'occuper à de menus travaux sans grand résultat.

On a entendu de loin la voiture monter de la vallée et en la voyant apparaître dans la cour, Jean-François a dit : « Une Citroën C4. » A seize ans, un garçon ça se passionne pour les voitures. C'était l'auto que j'avais entrevue sous l'auvent, une belle auto qui brillait comme un sou neuf, avec de la place pour une famille nombreuse et un coffre qui dépassait à l'arrière, une sorte de grosse valise, pour les bagages.

On devait avoir l'air d'une compagnie d'idiots du village, alignés en rang d'oignons devant le pennti, à présenter leurs respects à un haut personnage. Le docteur Cogan nous a serré la main, a tapoté la tête de Joseph et pincé gentiment la joue d'Anne-Marie. Ils ont reculé se nicher dans les jupes de Mamm.

— Hé bien, hé bien, tout ce petit monde me paraît en excellente santé, a dit gaiement le docteur Cogan. Alors, Yvonne, tu es prête ?

— Vous n'allez pas repartir le ventre vide, a dit Mamm. Entrez donc, du café frais j'ai fait.

— Ce sera de bon cœur, madame Trédudon.

Malgré qu'il se soit installé depuis peu de temps, le docteur Cogan n'ignorait pas les usages. Il n'imposait pas non plus les siens. Chez les Cogan on buvait du thé à la place du café, et je dois avouer que j'ai mis un bon bout de temps à m'y habituer.

On s'est assis sur les bancs autour de la table et pendant que Mamm se servait un demi-bol du café du dessus de la cafetière pour servir du bien fort au docteur Cogan, on aurait entendu une mouche voler. Tad avait avalé sa langue. Mamm a poussé l'assiette de crêpes et le beurre vers le docteur Cogan et a dit :

« Tapez dedans », et il a froncé les sourcils avant de comprendre que ça voulait dire « Servez-vous ».

Il s'est beurré une crêpe et je ne crois pas que ce soit par politesse qu'il a complimenté Mamm.

— Délicieuse. Et le beurre salé ! On viendrait habiter en Bretagne rien que pour s'en délecter.

— Il est d'hier, a dit Mamm. C'est le beurre de nos vaches.

— Vous en avez beaucoup ?

— Trois en ce moment.

— Yvonne ne va pas vous manquer pour la traite ?

— Chez vous elle va se dégourdir. Un docteur et une infirmière, ce n'est pas rien.

— Le docteur Cogan est de notre bord, a dit Tad.

— Oh ! du bord qui dépasse du dessus du panier, a insisté Mamm.

— Si vous voulez, madame Trédudon, si vous voulez, a dit le docteur Cogan en lissant sa moustache.

— Emil et moi on se voit aux réunions de la SFIO.

— Où tu es plus assidu que moi, Marcel.

Ils se tutoyaient, s'appelaient par leurs prénoms, Tad avait bien caché son jeu. Après avoir annoncé la couleur de leurs relations de camaraderie, ils se sont mis à parler de choses qui nous sont passées par-dessus la tête, à Mamm et moi, mais pas par-dessus celle de Jean-François, que la politique passionnait.

— Les lois raciales de Nuremberg annoncent la fin du monde civilisé, a dit le docteur Cogan.

— Crois-moi Emil, on ne verra pas ça en Bretagne.

— Espérons, Marcel, espérons. Bon, Yvonne, et si on y allait, maintenant ? J'ai une visite à faire avant de redescendre au bourg.

J'ai embrassé tout le monde comme si je m'exilais en Amérique. Anne-Marie pleurait comme une Madeleine et Joseph a filé cacher sa bouche mousklennek[1] derrière la montagne de bois adossée à l'appentis. Devant tout ce chêne débité et fendu, le docteur Cogan a plaisanté :

— Ho ! Marcel ! Tu as l'intention de déboiser les monts d'Arrée ?

— C'est le plaisir du fiston de bûcheronner.

— Si vous en avez besoin, a dit Jean-François, je peux livrer dans le bourg avec le cheval et la charrette.

— Volontiers.

— Combien de cordes ?

— A toi d'estimer la quantité dont nous aurons besoin.

— La maison Quilliou est grande, il vous faudra au moins cinq ou six cordes.

— Marché conclu, Jean-François. Ce sera quand tu voudras.

Mon bagage sur les genoux, je me suis assise à l'avant de la voiture, enivrée par une odeur qui rappelait le cuir de l'équipement du cheval. Le docteur Cogan s'est installé au volant mais Mamm a accouru les bras chargés de présents qu'il a fallu caser dans le coffre : un cageot de pommes à couteau, des patates nouvelles, des carottes et des navets et pour finir, sur un plat et enveloppée d'un linge, une motte de beurre tout frais trituré et incrusté de la pâquerette du tampon de bois de Rozarbig, et je dois dire qu'on aurait du mal à entamer cette motte parce que Mathilde et Sophie voudraient garder la pâquerette et, têtues comme peuvent

1. Boudeuse.

l'être des petites filles, refuseraient d'admettre que le beurre ça devient rance s'il reste trop longtemps dans le garde-manger.

— Yvonne me rendra le plat et le torchon à l'occasion, a dit Mamm.

La Citroën a roulé au ralenti jusqu'au croisement de la route du bourg, et avant que les arbres du talus me bouchent la vue je me suis retournée pour les voir tous là-bas me regarder partir vers ma nouvelle destinée. J'avais le cœur gros et léger à la fois.

4

Fanny n'avait pas menti en disant qu'ils n'avaient pas une âme de patrons. Ma situation n'avait rien de comparable à celle des bonnes de ferme qui triment du matin au soir sept jours sur sept au service d'un mestr[1] qui se prend pour un roi et d'une maouez[2] plus capricieuse qu'une duchesse. Dès ses onze ans, Mamm avait connu les seaux d'eau tirée du puits qui remplis à ras bord te giclent dessus et te remplissent tes sabots et tes pieds ne sèchent pas de la journée ; connu aussi les engueulades quand la vache avait cagué dans le seau de lait entre ses pattes à la fin de la traite ; et le beurre à baratter et la manivelle de la broyeuse de lande à tourner ; et les engelures que te donnent les betteraves arrachées à la terre gelée de novembre et les mains qu'il faut malgré tout tremper dans l'eau glacée du lavoir pour laver la merde des patrons, et comme récompense à tous les repas des patates et du lard aigre, et pour se reposer une paillasse pleine de

1. Maître.
2. Femme, dame.

puces au grenier de l'étable. Qu'on ne s'étonne pas après ça que Mamm n'ait pas hésité une seconde à me placer chez un docteur.

Aussi bizarre que ça puisse paraître aujourd'hui, pour une fille de la campagne travailler comme bonne chez des bourgeois c'était une sacrée promotion sociale, avec en prime l'espoir, en te parant de belles manières, de taper dans l'œil d'un fonctionnaire, genre employé de mairie ou agent du Trésor public qui t'épouserait, monterait en grade et serait muté dans un chef-lieu de canton, et là ce serait comme décrocher le gros lot, autrement dit la garantie de mener la vie d'une dame de la ville. Avec une bonniche à disposition, la boucle serait bouclée.

J'ai su assez vite répondre au téléphone quand Emil était à l'extérieur et Fanny dans le jardin. Une fois que j'ai eu vaincu ma peur de cet appareil, je disais : « Cabinet du docteur Cogan ! », et si on me demandait : « C'est madame Cogan ? », je répondais non c'est l'employée de maison, et je notais sur un agenda les noms et les adresses des malades. Quelques mois plus tard, j'ai été capable, en interrogeant les gens, de rendre compte à Emil du mal dont ils se plaignaient, ce qui lui permettait d'estimer le degré d'urgence.

A Ker-Tilhenn je n'ai pas été réduite en esclavage, loin de là. Au bout d'une semaine j'avais pris le pli : préparer le petit déjeuner, faire la toilette des petites, les habiller, faire leur lit, balayer les planchers, préparer le repas de midi, faire la vaisselle, coucher les petites pour leur sieste, surveiller les devoirs que leur mère leur donnait à faire, jouer avec elles soit à l'intérieur, soit dans le parc s'il faisait beau, et en fin d'après-midi on allait toutes les trois acheter le lait frais à l'alimentation et elles se disputaient pour porter le pot si bien que j'ai fini par en prendre deux, chacun rempli jusqu'à la moitié, et au retour on faisait bouillir le lait et comme de bien entendu les petites s'impatientaient devant la casserole et je leur disais quand on regarde le lait il ne bout jamais, fermez les yeux, et à force de fermer les yeux toutes les trois une fois le lait a fini par venir au feu et j'ai été obligée de gratter le dessus du fourneau à la toile émeri et de frotter les rondelles au Miror.

C'était l'ordinaire des jours. Pour les gros travaux, Fanny ne me donnait pas vraiment d'instructions. C'était toujours : « Yvonne, si tu veux bien, demain tu feras les carreaux… Yvonne, si tu veux bien, le parquet demande à être ciré… » En quelque sorte, c'étaient des propositions. Et elle ajoutait : « A ton rythme, ne t'épuise pas. La priorité, ce sont la salle d'attente et le cabinet. »

Me doutant que des gens chics devaient se changer à tout bout de champ, je m'étais fait une montagne du linge à laver. A quel lavoir il faudrait que j'aille ? Et combien de brouettées à chaque lessive ? Et où sécher le linge de cinq personnes, parce que moi aussi je serais bien obligée de me changer comme eux et non pas tous les trente-six du mois comme à Rozarbig. Eh bien j'ai eu une bonne surprise : le linge était donné à Marie Bothorel, la blanchisseuse du bourg, qui le rendait repassé et plié, sauf les choses tachées de sang que Fanny ne tenait pas du tout à lui confier. Le lendemain de mon arrivée, elle m'avait parlé de menstrues et j'avais fini par comprendre qu'elle voulait parler des amzerioù. Alors je lui ai dit que j'étais réglée depuis environ six mois.

Elle m'a fourni le nécessaire, bien plus pratique et bien plus confortable que les torchons déchirés en lanières que j'utilisais à Rozarbig. Ces serviettes périodiques, les siennes comme les miennes, on les mettait à bouillir dans une lessiveuse et on les mettait à sécher sous l'appentis. Fanny jugeait que c'était trop intime pour être donné à Marie Bothorel. Elle disait qu'il fallait respecter les gens. C'est plus tard que j'ai su le pourquoi de son obligeance. De là où ils venaient ils avaient eux-mêmes été traités pire que des chiens galeux, et leur devise était ne fais pas aux autres ce que tu n'aimerais pas qu'on te fasse.

L'automne a été là et Jean-François a livré quatre cordes de bois débité à la bonne dimension et le plus dur a été de le ranger au sous-sol, où se trouvait la chaudière.

— Le défi auquel tu vas être confrontée, m'a dit Emil, c'est que le feu ne crève pas de tout l'hiver, de façon qu'on n'ait pas à rallumer la chaudière.

Il m'a expliqué comment fonctionnait le tirage. Une chaîne suspendue à une tige de métal commandait une trappe qui donnait de l'air au feu, selon qu'on voulait plus ou moins de tirage. Il suffisait de régler au départ, et après la trappe s'ouvrait ou se fermait automatiquement.

— C'est tout bête. La tige chauffe, le métal se dilate, la chaîne descend et diminue l'ouverture. La tige refroidit, elle se rétracte, la chaîne remonte et donne du tirage. Tu as compris ?

C'était un peu du chinois, mais j'ai hoché la tête.

— Eh bien, Yvonne, tu seras notre Vesta.

J'en suis restée bouche bée. Vesta, petra eo[1] ? Emil m'a montré dans le dictionnaire des noms propres. Vesta : déesse du foyer chez les Romains, gardienne du feu. Mat tre.

Ah pour garder le feu, je l'ai gardé. Les premiers temps je descendais vingt fois par jour vérifier que ça marchait et rajouter une bûche si besoin était, et puis j'ai fini par croire que je l'avais dressée, cette chaudière, comme on dresse une jument, tout en sachant qu'elle reste capable de ruer dans les brancards.

Une nuit on a été réveillés en sursaut par un bruit infernal. Partout dans la maison l'eau glougloutait dans les tuyaux et les radiateurs étaient brûlants. On est descendus en vitesse à la cave. Rouge par endroits, la chaudière s'était emballée. Le clapet était resté grand ouvert. Emil a jeté des pelletées de cendre sur le feu et au bout d'un quart d'heure la chaudière s'est calmée. Me voyant au bord des larmes, Emil m'a réconfortée.

— Ce n'est pas de ta faute. Je ferai changer la tige du thermostat.

— Tu demeures notre Vesta, a dit Fanny. Rassure-toi, tu ne seras pas condamnée à grimper l'escalier des Gémonies.

— Ni jetée du haut de la roche Tarpéienne, a dit Emil.

Ils ne se fichaient pas de ma poire. Mine de rien, ils m'incitaient à aller chercher dans le dictionnaire. Grâce à eux, j'en ai appris, des mots savants, pour la plupart oubliés depuis. Et grâce à eux, j'en ai lu des romans !

---

1. Qu'est-ce que c'est ?

Emil et Fanny avaient remarqué l'attirance qu'exerçaient sur moi les dos des livres que je déchiffrais en me démanchant le cou devant la bibliothèque.

— Aimes-tu lire ? m'a demandé Fanny.

— Je ne sais pas trop...

C'est vrai, je n'étais pas trop fixée à ce sujet. A l'école du bourg il y avait des livres qu'on pouvait emprunter, une trentaine peut-être, des livres pour bébés et des livres cucul la praline de la comtesse de Ségur, ou des livres barbants comme *Le Tour de la France par deux enfants* que la maîtresse conseillait et que j'avais feuilleté avec méfiance parce que le texte et les images me semblaient décrire un pays idéal bien éloigné de notre vie dans les monts d'Arrée.

— Tu devrais essayer celui-ci.

— Il est gros !

— Il est passionnant. Quand tu auras tourné la dernière page tu regretteras de l'avoir terminé.

C'était *Le Comte de Monte-Cristo*. Oh là là, quelle histoire ! Elle m'a chamboulée. L'injustice, l'évasion dans le linceul de l'abbé Faria, le trésor, et la vengeance, ah heureusement qu'Edmond Dantès arrive à se venger de toutes les peaux de vaches qui l'ont trahi. J'ai mis quinze jours à le lire. Ensuite Emil et Fanny m'ont donné *Les Trois Mousquetaires*, qui m'a moins intéressée. Par contre j'ai adoré *Robinson Crusoé* et *L'Ile au trésor*, et le coup de cœur, vraiment, ç'a été *Les Misérables*. Pauvre Fantine, pauvre Cosette, pauvre Jean Valjean condamné au bagne pour avoir volé un bout de pain, saloperies de Thénardier, saloperie de Javert, et comment j'aurais pu imaginer qu'un Javert des monts d'Arrée s'acharnerait à nous détruire ? Mais ne mettons pas la charrue avant les bœufs, à Ker-Tilhenn même en hiver le ciel restait bleu.

La nuit tombait de bonne heure, on dînait plus tôt, Sophie réclamait une partie de petits chevaux ou de jeu de l'oie, et Mathilde c'étaient deux ou trois parties de dames et du haut de ses cinq ans elle était plus rusée que moi et il m'a fallu du temps pour la battre enfin, ouf, à force de perdre j'avais fini par me dire que j'étais une demeurée.

J'allais me coucher à la même heure que les petites et bien que bercée par les notes de piano qui montaient du salon et auraient dû m'endormir, je lisais, lisais, lisais à m'en user les yeux. Sûr et certain que cette période-là de ma vie explique que l'hiver est ma saison préférée. La nature est au repos et l'esprit est plus libre de vagabonder, à condition d'avoir un bon fauteuil près de la fenêtre, un bon lit et un bon poêle pour te réchauffer, comme c'était le cas chez moi au bourg, avant que je vienne à Mont-Leroux. Rien n'est éternel.

Je ne vais pas citer tous les livres que j'ai dévorés chez les Cogan, ça prendrait trop de place, un cahier de cent pages ne suffirait pas. Fanny et Emil ont été très malins avec moi. Une fois qu'ils m'ont eu ferrée avec des romans d'aventures, ils m'ont suggéré des livres plus difficiles, qui donnent à réfléchir. Je me souviens par exemple de deux ouvrages – je ne sais pas si on peut les appeler romans, à mon avis ce sont plutôt des témoignages sur la guerre 14-18, l'un écrit par un Français, *Les Croix de bois*, et le second par un Allemand, *A l'Ouest rien de nouveau*, des livres jumeaux j'ai envie de dire, qui nous démontrent que la misère des soldats et l'imbécillité des officiers étaient exactement pareilles des deux côtés.

Je dois avouer qu'il y a un écrivain que je n'ai jamais pu lire, et d'après ce que j'entends dire encore aujourd'hui à la bibliothèque du bourg je ne suis pas la seule, c'est Marcel Proust. Des phrases à n'en plus finir à tel point qu'on ne sait plus par où elles ont commencé, et puis ce monde de riches aristocrates, tous ces chichis pour pas grand-chose, non, ça ne m'intéressait pas, et à chaque fois que j'ai essayé d'aller un peu plus loin dans un livre de lui qui pourtant avait un joli titre prometteur, *A l'ombre des jeunes filles en fleurs*, je me suis endormie dessus et j'ai gâché ma soirée de lecture.

— C'est dommage que tu ne t'accroches pas, avait dit Fanny. Proust est un grand écrivain et cet univers-là existe.

En insistant sur Proust, Fanny et Emil avaient mal présumé de mes capacités. Comme on dit en breton, re zo re, trop c'est trop. Et puis je préférais les histoires de pauvres, et question misère il y a un livre qui m'a ouvert les yeux sur le monde. Jusque-là je pensais que l'Amérique était un pays de cocagne. *Les Raisins de la colère* m'a prouvé le contraire et la fin m'a bouleversée, quand la jeune mère donne le sein à un homme pour pas qu'il meure. Les patrons américains ne valent pas mieux que les patrons français, rien que des exploiteurs. Tad et Jean-François avaient bien raison d'être socialistes.

En 1936 on a eu l'illusion que s'ouvraient en grand les portes du paradis des travailleurs. Il paraît que les ouvriers défilaient dans les rues de Morlaix, de Carhaix et de Quimper pour célébrer le Front populaire.

En majorité les gens du peuple étaient gais, et les Cogan encore plus.

— Nous allons te devoir des congés payés, a plaisanté Emil.

— Oh je ne crois pas ça.

— Mais si, Yvonne. Tu seras payée à ne rien faire. N'est-ce pas merveilleux ?

— Oh ce n'est pas possible. Et qu'est-ce que je ferais ?

— Tu te reposeras.

— Où ça ?

— Eh bien, à Rozarbig.

— Alors là, vous pouvez toujours courir. Sûr que Tad et Mamm me trouveront du travail à faire.

— Dans ce cas, tu resteras à Ker-Tilhenn, a dit Fanny. Je ferai le ménage et je te servirai tes repas.

— Ce serait le monde à l'envers.

— Il se remettra à l'endroit, a dit Emil assez sombrement. La réaction ne pardonnera pas ses origines à Léon Blum.

— Ne sois pas pessimiste, a dit Fanny.

« La réaction », les origines de Léon Blum, ces mots-là m'ont laissée perplexe. Toujours est-il qu'au mois d'août des vacanciers à la mode de 1936 sont apparus dans le chaos et autour du lac de Huelgoat, les hommes en short et chemisette et les femmes en corsage et jupette, et les enfants protégés du soleil par des chapeaux, et une bonne partie de ce joli monde faisait du vélo, et pour la première fois de ma vie j'ai vu un tandem, et je me suis demandé comment ils faisaient pour tenir et pédaler à deux là-dessus sans se casser la figure.

On a vu des gens se présenter au cab[illegible]
chevilles foulées dans les sentiers encomb[illegible]
pour des diarrhées attrapées en se gavant [illegible]
– il y en avait tellement qu'on pouvait [illegible]
milieu des plants et remplir un pot de lai[illegible] qu'en grappillant autour de soi. Une famille entière, aussi, pour des piqûres de guêpes fouisseuses, ces petites guêpes qui font leur nid dans le terreau des landes. Le trou est minuscule et pourtant là-dessous il y en a des milliers. Si on en aperçoit quelques-unes entrer et sortir, il faut drôlement se méfier, parce qu'elles sont féroces et leur piqûre fait beaucoup plus mal que celle des guêpes ordinaires. Un des enfants, un garçon de trois ans, avait été piqué au moins vingt fois, sur la tête, dans le dos, sur le ventre, sur les jambes. Le pauvre mignon, il en tremblait de fièvre, et Emil l'a gardé plusieurs heures en observation, allongé dans le salon et veillé par Fanny.

Cette clientèle estivale mettait du beurre dans les épinards. Si on ne manquait pas du beurre de Rozarbig que Jean-François déposait quand il passait au bourg, les billets de banque ne bruissaient pas beaucoup dans le tiroir du bureau d'Emil. On ne faisait pas la queue dans la salle d'attente et les visites d'une journée pouvaient se compter sur les doigts d'une seule main. Emil revenait parfois avec un poulet, un lapin, un kilo de lard, et c'était toujours mieux que rien, qu'on le paye en nature, sinon à la longue on aurait été mis au régime jockey, va-t'en savoir. Mais à table on n'a pas eu à se serrer la ceinture. Je pense qu'ils avaient de l'argent de côté, car ils gardaient bon moral.

Bah ! Nous sommes des étrangers, m'a dit Emil, urire aux lèvres.

— Des étrangers ? Avec le nom breton que vous avez ?

— Hé ! Hé ! Peut-être ai-je du sang celte, après tout. Les Celtes ont essaimé partout en Europe, de l'Italie à l'Oural, avant d'être repoussés vers les confins.

— Ne trouble pas Yvonne, a répliqué Fanny.

— Je veux juste l'inciter à prendre connaissance de l'histoire des Celtes dans l'encyclopédie… Bon, je te l'accorde, Yvonne, Cogan résonne comme un nom breton et ce fait indubitable a déterminé en partie notre installation dans le Finistère. Outre que nous sommes ici au bout du bout, le plus loin possible de Paris, c'était un atout supplémentaire pour nous installer à Plouvern, d'autant qu'en Bretagne les cerveaux n'ont pas été infectés par les ostracismes qui sévissent en Europe de l'Est, et à présent en Allemagne.

Comme j'écarquillais les yeux, il a philosophé :

— Retiens une chose, Yvonne. En dépit de mon nom, c'est normal que les gens demeurent sur leur quant-à-soi face à un nouveau médecin. Il faut laisser du temps au temps.

Instruite par mon enfance à Rozarbig où chaque sou comptait, où un veau mort-né était une catastrophe, où le blé noir ravagé par une tempête d'octobre à la veille d'être moissonné sonnait le glas dans les têtes pendant plusieurs jours, je ne comprenais pas qu'ils prennent les difficultés à la légère. Ma lanterne serait bientôt éclairée d'une mauvaise lumière annonçant des jours funestes. De là d'où ils venaient ils avaient échappé à tellement d'horreurs qu'ils ne pouvaient que voir la vie en rose malgré une salle d'attente à moitié vide.

Ah ! Marie-Françoise, te parler réveille en moi tellement de souvenirs enfouis… Je reviens au blé noir couché par la tempête. Le sarrasin est délicat à récolter. Quand il est mûr, il perd ses grains. Il faut saisir l'instant propice, ni trop tôt, ni trop tard. On n'utilisait pas de machines. La récolte se faisait à la faucille et le blé noir ne pousse pas bien haut. Courbés toute la journée, le soir les moissonneurs avaient du mal à déplier le dos. Nous les gosses, on était plus souples. Mamm nous envoyait à la suite des moissonneurs, chacun avec un sac de sa fabrication, une besace confectionnée avec des manches de chemises usagées cousues entre elles et qu'on portait sur le ventre, pendue à notre cou par une ficelle. Le verbe « glaner » ne convient pas ici. Glaner, c'est ramasser les épis. Nous, c'étaient les grains tombés par terre qu'on ramassait à genoux, à quatre pattes, un par un, et Anne-Marie et Joseph avec leurs menottes n'étaient pas les plus malhabiles, et au bout du compte c'étaient plusieurs kilos de sarrasin que Mamm pesait sur sa balance. Grossièrement moulu sur la pierre, notre travail donnerait tant de farine et la farine tant de douzaines de galettes de blé noir. La tempête qui avait couché les plants était oubliée, on était fiers de nous et bientôt à Ker-Tilhenn je serais fière d'Emil et de Fanny, et contente pour eux, à la suite de deux événements qui leur feraient une solide réputation de médecin et d'infirmière.

5

Une nuit du dimanche au lundi, au mois de mars 1937, vers les deux heures du matin, la clochette a retenti. On la secouait à en décrocher le fil de fer et dans l'obscurité ce n'était plus le tintement familier mais une musique endiablée. Je me suis levée et tandis que je rejoignais Fanny et Emil dans le couloir, la clochette a arrêté de résonner et on a donné des coups de poing sur la porte. Le visage de Fanny s'est décomposé.

— Allons ma chérie, ici nous n'avons rien à craindre, a murmuré Emil. Une urgence, certainement.

Il a allumé la lumière extérieure et ouvert la porte. Sur le perron se tenait une paysanne essoufflée. D'une voix hachée, elle a réussi à dire qu'on avait besoin du docteur à Kerandraon, une ferme au fond d'une vallée entre Plouvern et Plonévez-du-Faou. Sa belle-fille était en train d'accoucher et les choses ne se passaient pas bien.

— Une primipare ? a demandé Emil, et comme il voyait bien que la belle-mère ne comprenait pas, il a dit plus simplement : C'est son premier ?

— Oui. An amiegez est dépassée.

— An amiegez ?

— Jeanne Loussouarn, a cru bon de préciser la paysanne.

— La sage-femme, j'ai dit.

— Tu la connais ? Elle est diplômée ?

C'était le genre de question qu'on ne se posait pas à propos d'une sage-femme. A notre idée, en ce temps-là, une sage-femme c'était une personne que la population avait choisie pour son savoir-faire.

— C'est elle qui est venue à Rozarbig pour mon petit frère et ma petite sœur.

— Bon, bon, bon, a grommelé Emil.

Il a filé passer un pantalon et un pull-over sur son pyjama et mis son manteau par-dessus. Dans le couloir, il n'a même pas lacé ses chaussures. Fanny lui a tendu sa sacoche de médecin.

— Tu n'as pas oublié les forceps ?

— Tout y est.

— Je vous emmène en voiture, a dit Emil à la paysanne. Vous m'indiquerez le chemin.

— Mais mon vélo ?

— Je vous ramènerai et vous le reprendrez.

Fanny et moi sommes remontées nous coucher. Les petites s'étaient réveillées, on les a rassurées et bordées et elles se sont rendormies aussitôt.

Le lendemain matin, vers onze heures, on préparait le repas de midi à la cuisine quand on a entendu une voiture arriver.

— Voilà Emil ! C'est papa ! a lancé Fanny joyeusement, et on aurait dit qu'elle avait vu les saints et les anges du paradis et toutes les âmes des bienheureux.

On a essuyé nos mains dans le torchon de vaisselle et on a écarté le rideau. Hélas non, ce n'était pas la Citroën mais la bétaillère du maquignon qui allait de ferme en ferme acheter des veaux, des vaches et des cochons, et au passage roulait les fermiers autant qu'il le pouvait, et heureusement que ce métier de voleur a disparu. Là-dessus la clochette a retenti et la porte a vibré sous des coups de poing donnés encore plus fort que la veille au soir. Fanny s'est tétanisée, les bras raides le long du corps. Il aurait fallu être complètement idiote pour ne pas s'apercevoir que les coups sur la porte la bouleversaient, mais comme c'était assez incompréhensible puisque j'ignorais encore le pourquoi du comment, cette deuxième fois j'ai plutôt penché pour la peur qu'elle avait d'entendre une mauvaise nouvelle concernant l'accouchement. Un drame, et leur avenir à Plouvern serait bien compromis.

— Va ouvrir, m'a-t-elle dit d'une voix blanche.

— Ah c'est toi, Yvonne ! m'a lancé le maquignon. Ta patronne est là ? Le docteur la réclame à Kerandraon.

Instantanément, Fanny a retrouvé figure humaine, ou presque.

— Des difficultés ?

— Sûrement. Le docteur a dit qu'avec lui et la sage-femme vous ne serez pas de trop à trois. J'ai mission de vous ramener là-bas.

— Je te confie les petites, occupe-les du mieux que tu peux, m'a dit Fanny en enfilant ses chaussures et en jetant son manteau sur ses épaules.

J'ai fini de préparer le repas, on a mangé, Sophie n'a pas trop rechigné à aller faire la sieste, Mathilde et moi on a joué aux dames et on a lu, et quand Sophie s'est levée on a joué dans le parc, balayé les feuilles mortes qu'il restait de l'hiver, et on a préparé ensemble des plats qui m'ont permis de les faire participer, des pommes de terre à écraser et à mélanger au lait pour la purée, de la bouillie de froment à touiller pendant qu'elle cuisait et que je comptais leur servir avec des poires au sirop. Bref on a joué à la dînette en faisant la cuisine pour de vrai. Elles se sont bien amusées et ont mangé de bon appétit. Dame, quand on a préparé soi-même quelque chose, le goût est différent.

Les coucher a été plus difficile. Sophie ne voulait pas dormir toute seule dans sa chambre. Mathilde a accepté de mauvais gré de partager son lit. Elles étaient agitées et moi aussi la nervosité m'avait gagnée. J'essayais de cacher mon inquiétude devant les petites alors qu'en réalité je me rongeais les sangs. S'il y avait un drame, le docteur Cogan serait fichu. On le tiendrait pour responsable. Les rumeurs, à la campagne, ça court d'un champ à l'autre comme les corneilles sur les semis. La famille n'aurait plus qu'à plier armes et bagages et le chagrin de perdre mon emploi ne serait rien à côté du désespoir de les quitter tous les quatre.

J'ai lu une histoire aux petites mais quand j'ai voulu éteindre la lumière Sophie s'est mise à pignouser et Mathilde, dans son rôle de grande sœur qu'elle prenait très au sérieux, l'a grondée et lui a promis la fessée si elle n'arrêtait pas, alors je n'ai pas trouvé mieux que de leur expliquer que leur maman et leur papa étaient au chevet d'une future maman pour aider le bébé à venir sur terre et ça leur a beaucoup plu.

— J'aimerais bien avoir un bébé à la maison, a dit Sophie.

— Peut-être qu'un beau jour la cigogne en déposera un dans la chambre de ta maman.

— Peuh ! a fait Mathilde.

Celle-là savait bien que les bébés ne naissent pas dans les choux. Poursuivant son idée, Sophie a réclamé son baigneur, une belle poupée en porcelaine qu'elle appelait Rachel, habillée de vêtements folkloriques d'un pays qui m'était inconnu. Elle l'a prise dans ses bras, la poupée a fermé les yeux et sa petite maman aussi. Mathilde s'était tournée vers le mur, décidée à dormir, consciente que ses parents n'étaient pas perdus, et sûrement qu'elle se sentait en sécurité avec moi. J'ai laissé la porte de leur chambre entrouverte et suis montée me coucher et j'ai lu jusqu'à ce que le marchand de sable entre dans ma chambre par l'œil-de-bœuf.

Le jour se levait quand je me suis réveillée. Emil était parti au milieu de la nuit du dimanche au lundi, Fanny le lundi midi, et on était mardi. Une éternité qu'ils étaient partis à Kerandraon. Je suis allée sur la pointe des pieds dans la chambre de Mathilde. Les petites dormaient comme des petits anges dans les bras l'une de l'autre, et le lit avait été rebordé. D'en bas me sont parvenus des bruits étouffés, des placards qu'on ouvre et referme avec précaution, les rondelles du fourneau qu'on soulève et qu'on repose doucement, un raclement de chaise, un tintement de cuiller sur une tasse… Le cœur serré, empli de crainte et d'espoir à la fois, j'ai descendu l'escalier quatre à quatre.

Dans la cuisine, Emil et Fanny prenaient leur petit déjeuner. Emil, avec sa barbe de deux jours et sa chemise froissée et tachée de sang, avait l'air de sortir de prison. Les yeux cernés, décoiffée, Fanny ne valait pas mieux. Ils faisaient pitié à voir, mais ils resplendissaient de la satisfaction du devoir accompli.

— Yvonne, Emil a sauvé la mère et l'enfant.

— NOUS avons sauvé la mère et l'enfant.

— Si tu veux, mon chéri.

— Une fille ou un garçon ? j'ai demandé.

— Un beau petit gars de quatre kilos, a dit Fanny.

Ce beau petit gars né à Kerandraon, je l'ai connu, il est devenu quelqu'un, quelque chose comme ingénieur à l'arsenal de Brest, et je suppose que personne ne lui a jamais dit à qui il devait la vie, sinon il aurait été au premier rang, le jour de l'inauguration de la plaque sur le mur de Ker-Tilhenn, et je lui aurais dit bravo, ceux qui ont accouché ta mère n'ont pas affaire à un ingrat.

Venu par le siège, le futur ingénieur. Il aurait fallu pratiquer une césarienne, mais le temps d'aller en voiture jusqu'à l'hôpital c'est deux morts qui seraient arrivés à Morlaix. J'ignore comment Emil s'y était pris, et sur quelle longueur il avait dû couper et recoudre en bas, mais toujours est-il qu'en sauvant la mère et l'enfant il avait étouffé dans l'œuf les vilains commérages, comme quoi ce docteur étranger ne valait pas un coup de cidre et qu'il valait mieux éviter son cabinet.

C'est malheureux à dire parce qu'elle a emporté pas mal de vieux, mais c'est comme ça : pendant l'hiver 1937-1938, une épidémie de grippe a valu sa renommée au cabinet d'Emil. Cette grippe-là était extrêmement virulente, elle provoquait un tas de complications pulmonaires. A un moment donné Emil a cru à un retour de la tristement célèbre grippe espagnole qui a envoyé des millions de victimes au cimetière à la fin et après la guerre de 14-18. Moi j'avais peur qu'elle coure jusqu'à Rozarbig, mais là-haut ils ont été épargnés, et ce n'est pas par miracle. Déjà qu'ils ne descendaient pas souvent de la montagne, dès que l'épidémie s'est répandue ils ont cessé de venir au bourg, et c'était la meilleure chose à faire.

Comme les gens vivaient les uns sur les autres sans plus que ça d'hygiène, il suffisait que l'un soit atteint pour qu'il contamine la maisonnée. Emil courait partout dans le bourg, sillonnait en voiture tous les chemins menant aux « ker », aux « roz », aux « tre » et aux « rest » alentour, et pendant qu'il était à l'extérieur la salle d'attente se remplissait.

Pas plus qu'aujourd'hui il n'y avait grand-chose à faire contre la grippe, sinon rester au repos, bien au chaud. L'organisme prend le dessus sur le virus ou ne le prend pas. Du côté des complications pulmonaires, on s'arrangeait avec les moyens du bord : sinapismes, frictions au camphre, inhalations pour aider à respirer.

Il n'y a que la foi qui sauve, comme on dit. Bêtement, j'avais l'impression qu'à Ker-Tilhenn, dans une maison de médecin, on ne risquait rien, alors que c'était un vrai nid de microbes. Avec leur âme de bons Samaritains, Fanny et Emil n'ont pas pu s'empêcher de garder sous surveillance les cas critiques. La villa a été transformée en clinique. Au plus fort de l'épidémie il y a eu jusqu'à onze malades dans le salon, couchés sur des matelas apportés par les familles. Les petites étaient consignées à l'étage, je leur montais leurs repas.

Fanny et moi on n'arrêtait pas de préparer des marmitées de bouillon de légumes, avec parfois un bout de viande de bœuf que le boucher nous donnait. On se protégeait, on portait un masque, nos mains pelaient à force de les laver à l'alcool à tout bout de champ. Finalement, j'aurais pu me présenter à l'école d'infirmières, si j'avais eu un niveau d'études suffisant. Mais qu'on ne vienne pas me dire que je n'avais pas le niveau d'une bonne aide-soignante, après une expérience comme celle-là, faire la toilette de onze malades, leur donner le bassin, prendre leur température.

J'ai su comment les bonshommes étaient fabriqués et ça n'a pas éveillé ma curiosité au-delà. Pourtant, j'allais sur mes seize ans et j'aurais dû avoir envie d'aller au bal et de fricoter avec les garçons, mais pas du tout. J'étais bien comme j'étais, un peu comme une nonne contente d'être cloîtrée dans son couvent de Ker-Tilhenn. Presque trois ans s'étaient écoulés et à présent j'étais une sorte de grande sœur des petites et de fille aînée des Cogan. J'avais poussé en hauteur et Fanny me donnait certaines de ses robes à porter et je dois avouer que dans la glace je ne m'estimais pas si moche que ça, malgré les rondeurs qu'on juge déplaisantes, à cet âge-là.

Je me souviens d'un troisième événement qui avait fait aussi jaser dans le pays, moins important que l'accouchement de la jeune dame de Kerandraon et que l'épidémie de grippe, mais tout de même une réussite qui avait marqué les esprits.

Les faits sont simples. A la saison du cidre, un paysan d'une cinquantaine d'années se tord le dos en tournant le pressoir à pommes et reste plié en deux, à ne plus pouvoir mettre un pied devant l'autre et souffrant mille misères. Ses fils le portent sur une chaise jusqu'au cabinet. Avec leur aide, Emil réussit à le mettre debout, l'ausculte, lui demande de raconter comment c'est arrivé, quels mauvais gestes il a faits, et lui dit :

— Bon, bon, bon, je vais te manipuler… Je te préviens, tu vas avoir très mal sur le coup, mais dans une demi-heure tu ne sentiras plus rien et tu trottineras comme un poulain.

Il s'est mis derrière lui, a passé ses bras sous les siens, comme des gourenerien[1] qui cherchent à se flanquer par terre, et que je te tourne le paysan d'un côté, et que je te le tourne de l'autre, et on a entendu les os craquer et j'ai cru que le paralysé allait tomber dans les pommes, ce qui aurait été un comble, vu qu'il s'était coincé au pressoir.

— Maintenant, va marcher dans le parc, doucement, sans forcer, a dit Emil au paysan.

Ses fils, pas très rassurés, sont allés avec lui. Un quart d'heure plus tard, le malade a monté les marches du perron comme un cabri, couleurs et mobilité retrouvées. Un tour de magie ? Non pas. Emil avait suivi une formation d'ostéopathe, un mot qu'on ignorait et que je n'entendrais pas prononcer avant de souffrir moi-même des vertèbres, à l'âge où il faut renoncer à la danse fisel[2], réservée aux jambes jeunes.

1. Lutteurs. Gouren : lutte bretonne.

2. Gavotte du centre Bretagne, entraînante et exigeante physiquement.

Ce dos de paysan arrangé en deux temps trois mouvements n'a fait de tort à personne, sinon au rebouteux. C'est lui, je pense, qui a flapé[1] dans le bourg qu'Emil s'adonnait à la sorcellerie. N'importe quoi ! S'il y avait un sorcier c'était bien lui, ce rebouteux à tête d'Ankou, avec la peau jaune comme le bec d'un merle et des ongles longs et crochus comme des griffes de blaireau. Il se prétendait capable de guérir les gens de leurs manies, de faire passer le goût du lambig aux alcooliques et du tabac aux fumeurs. Sa manière de pratiquer était plutôt malhonnête. Les gens devaient se déshabiller en entier et il les effleurait de ses paumes partout sur le corps, y compris sur les parties intimes. Autant dire qu'une femme qui avait été échaudée ne retournait pas se soumettre à ses caprices et faisait passer le mot à ses copines. Enfin, ce rebouteux a été jaloux d'Emil, et je suis persuadée qu'il a fait partie de l'équipe qui a badigeonné le portail de Ker-Tilhenn.

Avec le printemps le virus de la grippe s'est évaporé dans la nature, et si on avait élevé une statue à la gloire d'Emil et de Fanny il n'y aurait pas eu grand monde à s'étonner, tellement ils avaient soigné de malades. Désormais dans le bourg les gens les saluaient bien bas et leur adressaient des comment allez-vous en breton : « Mat a jeu, docteur ? Mont a ra mat, madame Cogan ? », ce à quoi ils ne pouvaient que répondre : « Ya, ya, merci bien. »

Les petites étaient chouchoutées. Quand on allait ensemble faire les courses à l'alimentation, les clientes les complimentaient sur leur joliesse et la

1. De flapañ, commérer.

dame leur offrait des limaoù[1], un bâton de réglisse, une sucette, des berlingots à choisir dans un bocal, et il y avait de quoi en rester estomaquée parce que cette commerçante-là était pizh[2] comme un écureuil. La gloire des Cogan rejaillissait sur moi et les piques des commères me chatouillaient agréablement la peau.

— Ma ! Yvonne, on s'habille giz kêr[3] maintenant ? C'est pour taper dans l'œil des garçons ? Ta patronne t'a donné la clé de sa garde-robe ? Bientôt peut-être on sera obligées de faire la révérence devant toi, et blablabla et blablabla…

Pendant l'épidémie de grippe Emil avait eu du mal à communiquer avec les vieux qui bafouillaient à peine deux mots de français. Comme il lui fallait maintenant faire face à une tapée de nouveaux patients, au printemps 1938 il a décidé d'apprendre le breton.

— Yvonne, tu vas me donner des leçons. Et de grosses punitions si je suis mauvais élève.

Il rigolait, mais au fond de lui c'était du sérieux, il voulait vraiment s'y mettre. Malgré ses efforts, on n'est pas allés bien loin, à cause de moi. Bien sûr, je parlais breton et le parle toujours lorsque j'en ai l'occasion, mais je ne savais ni le lire ni l'écrire et le livre de grammaire qu'il avait acheté ne nous était d'aucun secours. Ce livre, je l'ai gardé en souvenir,

1. Bonbons, friandises.
2. Econome, avare.
3. A la mode de la ville. Avec élégance.

malgré qu'il ait été écrit par un bonhomme qui s'est sali en collaborant avec les nazis.

Emil était un intellectuel, il connaissait plusieurs langues dont l'anglais et l'allemand, il voulait creuser les choses à fond, comme par exemple les différentes formes du verbe « être », selon qu'on veut dire qu'on est tout court (malade, idiot ou n'importe quoi), ou qu'on se trouve quelque part. Autre exemple, il voulait que je lui explique le pourquoi de la première lettre des mots qui change en fonction de ceci ou cela.

— Chaise, kador. La chaise, ar gador. Eclaire ma lanterne, Yvonne !

Dans ma tête ces changements étaient automatiques et avec moi Emil serait resté dans le noir jusqu'à la fin des temps. J'en ai parlé à Tad et il a entrevu une solution. Au bourg habitait un vieux garçon, à peu près du même âge qu'Emil, qui vivait sur sa pension d'invalide de guerre et qui était réputé pour l'instruction qu'il avait en breton. Le Joncour, il s'appelait, et le pauvre il a mal fini, il s'est pendu en 1944, sans laisser un mot d'explication, mais à la lumière des événements qui ont coïncidé avec son départ volontaire, on peut se dire qu'il n'avait pas supporté les orientations des gens qu'il fréquentait, des lettrés comme lui, mais qui avaient fricoté avec les Boches.

Du point de vue du bagage qu'il avait acquis en breton, ce Le Joncour avait eu la chance de suivre toute sa scolarité à l'école libre. Les Frères, pour faire bisquer la République, continuaient d'enseigner la langue du pays, pourtant interdite dans les écoles et les cours de récréation, et la plupart des curés, pour enfoncer le clou, continuaient de dire la messe en breton et ça leur valait parfois des ennuis avec la gendarmerie.

Je me suis rendue chez ce Le Joncour de la part de Tad et je lui ai exposé le cas. Il a été enchanté à l'idée de donner des cours à Emil. Tu penses bien, en plus du plaisir, bien naturel, de partager son savoir, il pourrait se vanter d'avoir fait d'un médecin parisien un vrai bretonnant.

Parfois Emil allait chez lui, mais le plus souvent c'était Le Joncour qui venait à Ker-Tilhenn, comme ça Emil était sur place en cas d'urgence. Ils s'enfermaient dans le cabinet de consultation et travaillaient dur. Des fois ils m'appelaient et Le Joncour me demandait de prononcer des phrases, ce qui lui permettait d'expliquer à Emil les tournures locales et la différence entre la langue parlée et la langue officielle, et la différence, encore, entre les façons de prononcer les mêmes mots, qui variaient d'une paroisse à l'autre. A ces occasions, j'ai moi-même enrichi mes connaissances, mais trois fois rien à côté d'Emil. Une cervelle de médecin, ça enregistre tout, et à toute vitesse. Au bout de six mois il parlait breton comme un paysan qui n'est jamais sorti de son trou, et il le lisait avec facilité. Rédiger ses ordonnances en breton il aurait pu aussi, mais le pharmacien n'aurait pas pu les déchiffrer.

Il s'est mis à dévorer une revue en breton que lui avait fait découvrir Le Joncour. C'était un mensuel dirigé par un curé, l'abbé Castric, et bien malin celui qui aurait pu prévoir que ce curé-là débarquerait très bientôt à Saint-Herbot et sèmerait la division, et quand je dis la division c'est plutôt la guerre civile qu'il faut entendre. Dirigé donc par un curé et distribué par l'évêché, ce magazine était consacré, c'est le cas de le dire, à la pratique religieuse, à la vie des saints et à la morale chrétienne et autres curailleries. Il traitait également de problèmes de société, comme par exemple l'hygiène et la lutte contre l'alcoolisme, dans des articles qu'Emil appréciait, mais bien souvent quand il était plongé dans sa lecture les sourcils lui remontaient jusqu'à la racine des cheveux comme s'il avait vu le diable, mais il gardait ses frayeurs pour lui.

Il était plus bavard devant le poste de radio. Il écoutait des stations étrangères sur ondes courtes, et cet adjectif m'a toujours paru mal approprié parce que sur ces radios-là, qui grésillaient malgré l'antenne installée sur la cheminée de Ker-Tilhenn, des gens causaient de l'autre bout du monde. Emil commentait ce qu'il entendait et s'il me fallait le résumer d'une seule phrase je dirais qu'il était très préoccupé par la situation qui ne cessait d'empirer en Allemagne. Un soir, il a serré les mâchoires, à se casser les dents.

— Hitler a envahi la Tchécoslovaquie. Préparons-nous à la guerre et à toutes les horreurs du nazisme.

Fanny est venue tout contre son dos, l'a enlacé, a posé son front sur sa tête et l'a étreint. Leurs cheveux étaient emmêlés. Emil lui caressait la main, doucement, tendrement, et moi je me demandais bien pourquoi les sales coups d'Hitler les abattaient autant.

Loin de moi l'effronterie de te donner une leçon d'histoire, Marie-Françoise, mais il faudra que tu notes dans ton cahier quelques points essentiels dont je ne mesurerais l'importance qu'au moment où un vent mauvais se mettrait à souffler sur Ker-Tilhenn.

La politique n'était pas mon fort, et qui me le reprocherait, c'est le cas de presque toutes les femmes, elles ont leur ménage à tenir, les enfants à nourrir, le linge à laver et tout le reste. Et même certains hommes ne se sentent pas concernés par la politique. Les bourgeois, tout fiers qu'ils sont de leurs moustaches cirées et de leur montre en or dans leur gousset, ils y regardent de plus près seulement lorsque les mesures gouvernementales descendues de Paris en province les touchent au portefeuille ou restreignent leurs libertés de plusieurs tours de ficelle avec un triple nœud au bout. C'est la nature de l'homme d'applaudir les tyrans, et quand les coups de fouet lui déchirent le cuir, il peut toujours gueuler, c'est trop tard.

Le Front populaire avait fini usé comme les sabots d'un cheval qui a perdu ses fers sur les cailloux. Léon Blum avait perdu les élections, mais il avait fait beaucoup de bien et il en resterait sans doute quelque chose. D'après Tad, Jean-François et Emil, son grand tort avait été de laisser les républicains espagnols se débrouiller tout seuls face à Franco, appuyé, lui, par les armées d'Hitler et de Mussolini. Des dizaines de milliers de réfugiés avaient passé les Pyrénées, des hommes et des femmes et des enfants et des bébés, parqués comme des malpropres, comme des ennemis de la France, dans des camps de fortune, à peine protégés de la pluie et du vent et nourris n'importe comment. Emil était scandalisé.

— Ces camps sont une honte, la France emboîte le pas aux nazis. Les accords de Munich sont une tragique erreur. L'opinion se réjouit qu'ils aient permis d'éviter la guerre, le monde civilisé devrait prendre le deuil.

La Tchécoslovaquie n'existe plus en tant que pays indépendant, et à présent que Daladier et Chamberlain lui ont reconnu le droit d'annexer les Sudètes, Hitler va se croire tout permis.

Une autre chose turlupinait Emil. Le Front populaire avait accordé la nationalité française à des Italiens qui travaillaient dans le bâtiment, à des Polonais qui travaillaient dans les mines de charbon, et la droite, revenue au pouvoir, mettait l'augmentation du chômage sur le dos de ces gens-là. Les patrons montaient les ouvriers français contre les ouvriers d'origine étrangère et plus d'un maçon et plus d'un mineur français ont applaudi lorsque le gouvernement a voté des lois annulant celles du Front populaire et renvoyé dans leurs pays, par trains entiers, ces miséreux qui s'étaient crus français et ne demandaient pas mieux que de rester chez nous.

— C'est à désespérer de l'homme, répétait Emil.

Oh oui ! oh que oui ! Je m'interrogeais, et je m'interroge encore plus à l'âge que j'ai, qu'est-ce qu'il y a donc dans la tête de l'homme pour qu'il s'acharne à se détruire et à tout détruire autour de lui ?

S'il n'y avait pas eu les petites pour nous jouer des tours, on n'aurait plus ri beaucoup, ni même souri. Un pâle sourire, c'est déjà ça, ça vaut mieux que verser des larmes. Retenir les nôtres au bord des paupières c'est ce qu'on n'allait pas tarder à faire, tous autant qu'on était, à Ker-Tilhenn.

6

Comme tu le sais aussi bien que moi, Marie-Françoise, après Munich Hitler a continué de machiner la conquête de l'Europe. Il a signé un traité de non-agression avec la Russie et il faut bien relever que Tad et Jean-François ont été choqués par l'attitude de Staline qu'ils prenaient jusque-là pour un dieu. Hitler a envahi la Pologne, la France et l'Angleterre ont décrété la mobilisation générale.

Jean-François n'a pas eu besoin de se rendre à la caserne de Quimper pour recevoir son paquetage de soldat. Il était déjà au service militaire, du coup il a été expédié directement dans les Vosges à faire le pied de grue devant la frontière, et je n'ose pas dire l'arme au pied, parce que d'après les lettres qu'il nous envoyait les fusils restaient au râtelier et rien ne se passait, excepté que de temps à autre une poignée d'Allemands venaient en douce observer l'ennemi et que les Français leur rendaient la pareille, juste pour constater que les Boches, comme eux, tuaient le temps comme ils pouvaient.

Sur les photos que Jean-François rapporta de son séjour forcé dans les Vosges, on les voit en tricot de corps, lui et ses camarades, faire la lessive et mettre leur linge à sécher ; autour d'un barbecue, comme on appelle ça aujourd'hui, cuire à la broche un marcassin ; et en hiver, se batailler à coups de boules de neige. Ils ne crevaient pas de froid. Dans ces montagnes-là il y a beaucoup de forêts, Jean-François était à son affaire. Il coupait du bois et apprenait aux autres à manier la hache, le passe-partout et les coins. Au fond, il était comme à la maison, si on veut bien oublier qu'il portait l'uniforme et que dans sa gamelle il n'y avait pas le gras du rôti de veau, sa lichouserie[1] que Mamm faisait revenir à part dans du beurre, rien que pour lui. C'était la drôle de guerre.

A Ker-Tilhenn, c'était la drôle de paix. En présence des petites, Emil et Fanny se montraient gais, mais dès qu'elles étaient couchées leur humeur s'assombrissait. Emil allait écouter la radio dans son bureau, Fanny jouait du piano en sourdine, des airs langoureux, tristes à mourir, des sonates de Frédéric Chopin et de Franz Liszt, qu'elle me précisait, et souvent elle était interrompue par la sonnerie du téléphone. Je décrochais et clamais : « Cabinet du docteur Cogan ! », et la voix à l'autre bout demandait : « C'est toi, Fanny ? — Non, c'est la bonne », je répondais, et je passais la communication à Fanny, et malgré moi j'écoutais en grande partie ce qu'elle disait. Des fois elle tutoyait la personne à l'autre bout du fil, en l'appelant par son prénom, un drôle de prénom que je n'avais jamais

1. Gourmandise.

entendu prononcer, des fois elle la vouvoyait, et c'était des ah bonjour madame ou monsieur untel, et ces noms de famille ne sonnaient pas non plus à l'oreille comme des noms bretons.

Les conversations tournaient autour d'un éventuel départ. « Vous songez vraiment à partir ? disait Fanny. Pas nous. Emil et moi et les enfants avons été naturalisés il y a belle lurette, alors… » Elle promettait de passer voir les personnes pour en discuter de vive voix et quand Emil sortait de son bureau, la mine défaite après avoir écouté la radio, elle lui rendait compte des coups de fil. Il haussait les épaules et disait : « Ils n'ont peut-être pas tort, avec ce qu'il se passe en Allemagne et en Pologne. C'est épouvantable. L'Histoire est un éternel recommencement, nous serons à jamais des parias. »

Tout ça m'était totalement incompréhensible et leur inquiétude me tapait sur le système. Le soir j'avais du mal à m'endormir, tourmentée par ces tracas et énervée, aussi, par nos voyages. « Voyages », c'est le mot qui me vient à l'esprit, pourtant on n'allait pas si loin que ça, en kilomètres. De Plouvern, Brest et Quimper ce n'est pas le bout du monde. On allait chez ces gens qui téléphonaient à Ker-Tilhenn et parlaient de partir. J'en revenais avec des impatiences dans les jambes et du tournis dans la cervelle, pas du tout reposée comme après les belles promenades en voiture qu'on avait faites au courant de l'été 1939, avant que les choses se déglinguent.

Nous autres, de la campagne, on ne sait pas se promener. Il faut un but. On se déplace pour aller chez les uns ou les autres, soit aider aux corvées, soit caféter. Nous, de Ker-Tilhenn, on allait grosso modo une fois par mois mettre les pieds sous la table à Rozarbig. Mamm et Tad et mes frères et sœur ne demandaient pas mieux que de voir leur Yvonne, et de mon côté je n'étais pas moins heureuse de prendre de leurs nouvelles et de retrouver la maison.

Mamm sortait la vaisselle neuve, c'est-à-dire les assiettes et les couverts qu'elle avait reçus en cadeaux de mariage, Tad débouchait son meilleur cidre et on apportait des gâteaux de pâtisserie achetés à Plouvern. Dix auraient suffi, puisque c'était le nombre de personnes autour de la table, mais Fanny me recommandait d'en prendre douze, tous différents, juste pour le plaisir de voir les yeux des enfants s'arrondir tandis qu'ils jetaient leur dévolu sur un gâteau en particulier, et qu'ils ne devaient pas montrer du doigt, ni réclamer. « Honneur aux parents », plaisantait Emil, et il fallait voir la tête des gosses s'allonger à l'idée que leur gâteau préféré allait peut-être leur échapper. Mamm et Tad disaient : « N'importe lequel ça m'est égal », Fanny et Emil et Jean-François et moi : « Je ne sais pas s'il me reste de la place, je vais attendre un peu », et la figure des gosses s'illuminait, et ils décidaient entre eux, sans dispute, le choix de chacun. C'était une leçon de politesse, et un jeu bien rodé puisqu'au bout de deux ou trois repas du dimanche midi on savait bien qui aimait quoi. Moi c'était le millefeuille à la crème pâtissière, et je ne valais pas mieux que les petits, car à la minute où ils écarquillaient les yeux devant les gâteaux j'avais peur que pour une fois l'un d'entre eux change d'avis et choisisse mon millefeuille. On a beau être en âge de porter des bas fins, on reste encore bêta, sur certains sujets.

Après le café et le pousse-café que prenaient les hommes, on faisait le tour de la ferme, les enfants jouaient à lancer un bâton au setter de Tad et comme ils se lassaient plus vite que le chien on les mettait à chercher les œufs que les poules en liberté pondaient un peu partout, on leur apprenait à ramasser des pissenlits et de la ravenelle pour les lapins, et leur récompense c'était de tenir des petits d'une semaine dans leurs bras. Au fond de son clapier la lapine grognait et tambourinait des pattes. Mathilde et Sophie assistaient à la traite des vaches et Mamm leur donnait à boire une louchée de lait tiède à peine sorti du pis. Mathilde aimait bien ça, Sophie en avait la nausée, et je la comprenais parce que moi non plus je n'ai jamais pu boire du lait que bouilli. Il arrivait qu'Emil donne un coup de main à Tad et Jean-François pendant une heure ou deux pour avancer le travail, un avant-goût de la vie qu'on aurait quelques années plus tard, par la force des choses.

Vers cinq heures on remettait la table du gros goûter et j'aime autant te dire qu'Emil ne laissait pas sa part de lard rôti dans le plat. Les petites adoraient le diplomate à la confiture d'abricots et à la crème anglaise, une spécialité de Mamm. On repartait de Rozarbig l'estomac aussi plein que l'était le coffre de la Citroën des cadeaux de Mamm, qui ne variaient pas beaucoup : du beurre, des pommes, des légumes et bien entendu un far dans le plat ovale qu'on rapporterait la prochaine fois. De retour à Ker-Tilhenn, personne n'avait faim.

Afin de savoir s'il n'y avait pas eu d'urgences chez ses patients, Emil téléphonait au docteur de Huelgoat avec qui il s'arrangeait pour la garde du dimanche à tour de rôle, puis on grignotait un biscuit trempé dans du thé et on allait au lit de bonne heure pour être d'attaque le lundi matin. Les petites avaient commencé d'aller à l'école laïque du bourg.

Avec les Cogan j'ai appris à me promener pour rien, sans autre but précis que de savourer les paysages, et j'ai découvert mon propre pays grâce à eux. Le mot « pique-nique » est entré dans mon vocabulaire. La première fois que j'ai entendu Fanny le prononcer, je suis demeurée comme une vache qui considère son reflet dans l'eau de l'abreuvoir.

— Yvonne, il fait un temps magnifique, nous allons pique-niquer.

Je me suis demandé piquer quoi ? Faire la nique à qui ? « Pique-nique », biskoazh kemend-all[1] ! Figure-toi, Marie-Françoise, que c'est Emil qui m'a appris comment on dit pique-niquer en breton : « Mont da zebriñ e ti Mari Glaziou », ce qui veut dire aller manger chez Marie des bleus et des verts. Joli, non ? Manger par terre n'était pas dans mes mœurs. Et froid qui plus est. Je me suis rappelé un proverbe que Tad nous disait quand on trouvait la soupe brûlante : « Le pied se réchauffe par la chaussure, le ventre par la bouche. » Je l'ai dit en breton à Emil et il a bien rigolé.

Ils avaient un beau nécessaire à pique-nique, une sorte de valise en toile à motif bayadère avec à l'intérieur, bien rangés et tenus en place par des élastiques, des

1. Jamais (vu, entendu) autant.

assiettes, des timbales, des couverts, un tire-bouchon, un ouvre-boîte et que sais-je encore. Ce qu'on allait manger tenait dans des paniers en osier. On étalait la nappe par terre, on posait une pierre aux quatre coins s'il y avait du vent, et on s'asseyait autour et on tapait dans les plats dans le désordre, en mangeant le gâteau aussi bien en hors-d'œuvre et la macédoine au jambon en dessert, en se fichant des miettes de pain qui feraient le bonheur des oiseaux.

On a pique-niqué en haut du mont Saint-Michel de Brasparts, à l'abri du pignon de la chapelle. Emil avait des jumelles et j'ai pu distinguer Brest dans le lointain. Du côté opposé, c'était le Yeun Elez et le lac artificiel qui venait d'être créé pour alimenter plus régulièrement que la rivière la centrale électrique de Saint-Herbot. A l'automne, avec toutes les couleurs rousses de la végétation, le spectacle était magnifique.

On a pique-niqué au bord du canal de Nantes à Brest, à Châteauneuf-du-Faou. On a pique-niqué au bord de l'Aulne, plus bas que le chaos de Huelgoat, et Emil a bavardé dans leur langue avec des Anglais qui pêchaient le saumon. On a pique-niqué sur une plage, pour une fille de Rozarbig un événement considérable !

Un dimanche matin de septembre, Emil a dit : « Cap au nord ! », et il a poussé sa Citroën vers Scrignac, puis Guerlesquin où on a visité les halles et la cellule de l'ancienne prison qui dépasse du mur principal, avec un trou dans le plancher où les prisonniers faisaient leurs besoins qui tombaient directement sur la place et peut-être sur la tête des passants, ma ! c'était du propre, on ne peut pas dire que c'était très hygiénique.

De tours de roues en tours de roues on est arrivés à Plestin-les-Grèves. C'était la première fois que je voyais la mer. Elle s'était retirée très loin mais le temps qu'on mange elle remontait, et on est allés à sa rencontre. On a ôté nos chaussures, bas et chaussettes, Emil a retroussé son pantalon et Fanny et moi nos jupes et avec Mathilde et Sophie en petite culotte on a marché dans l'eau le long de la baie, presque jusqu'à Saint-Michel-en-Grève. Au début l'eau te glaçait les mollets, mais après qu'est-ce que ça faisait du bien, quelle impression de légèreté.

— On reviendra en été, a dit Emil, tu apprendras à nager.

J'ai pensé que jamais je n'oserais m'exposer en maillot de bain. Les petites, à force de s'asperger mutuellement, sont revenues trempées, mais Fanny avait prévu de quoi les étriller et les changer des pieds à la tête. Sur la route du retour, elles se sont endormies. On était tous skuizh marv[1], à cause de l'air iodé qu'on n'était pas habitués à respirer.

Au printemps 1940 on est allés à Brest et à Quimper, et ce n'était pas pour pique-niquer mais pour rendre visite aux gens qui téléphonaient à propos de quitter la France ou non. Emil évitait les creux et les bosses de la route. Dame, il ne fallait pas secouer Fanny, des fois que ce qu'elle portait se décroche. J'ai su qu'elle était enceinte quand mes serviettes périodiques ont été les seules à être mises à sécher sous l'auvent de

1. Morts de fatigue.

l'abri à bois au fond du jardin. C'est sans doute pour contrarier le mauvais sort qu'ils ont décidé de fabriquer un troisième enfant. Un bébé, ça met de la vie dans une maison, ça réconforte les cœurs meurtris, c'est une pierre qu'on pose sur les fondations de l'avenir, et peu importe si le présent n'est pas très rose.

Fanny a annoncé aux filles qu'elles auraient un petit frère ou une petite sœur au mois d'octobre. Tu penses bien qu'elles ont applaudi à grands cris, pour se disputer ensuite sur laquelle ferait quoi et quoi lorsque le bébé serait là. Mathilde, revendiquant son droit d'aînesse, a clamé :

— C'est moi qui m'en occuperai, il dormira dans ma chambre !

— Non, dans la mienne ! a rétorqué Sophie.

— Le bébé dormira d'abord dans la chambre de papa et maman, a dit Fanny pour les mettre d'accord. Après, s'il est sage, vous vous le partagerez. Une semaine à tour de rôle. Ou bien vous dormirez dans la même chambre, avec le bébé. Vous dormirez ou vous ne dormirez pas. Un nourrisson réclame des soins à n'importe quelle heure du jour et de la nuit. Mathilde, tu nous as coûté bien des nuits blanches, tandis que ta sœur dormait comme un petit ange…

Sophie a tiré la langue à Mathilde et Mathilde a répondu en tirant les cheveux de Sophie. Pas trop fort. Comme entre deux sœurs qui s'adorent, quoi. Leur mère les a séparées.

— Réfléchissez plutôt au nom qu'on lui donnera. Prenez chacune une feuille de papier et faites deux listes, une de prénoms de garçons, une de prénoms de filles.

Ça les a occupées, mais elles se chamaillaient sur les prénoms.

— Le moment venu nous voterons, a tranché Emil. Tous les cinq.

— Yvonne aussi ?

— Ne fait-elle pas partie de la famille ?

Ils avaient la gentillesse de ne pas me présenter comme « la bonne », ce qui ne m'aurait pas dérangée outre mesure puisque c'était ma fonction. Aux gens de Brest et de Quimper, ils disaient : « Yvonne, la gouvernante de Mathilde et Sophie », ou bien : « Yvonne, la fille d'amis de Plouvern. Elle nous donne un coup de main à la maison. » Et des fois Emil ajoutait un mensonge : « Yvonne m'a appris le breton », et je me défendais : « Oh non, ce n'est pas vrai ! », et il répondait : « Penaos ? N'eo ket gwir ?[1] », et ça détendait l'atmosphère.

C'est que l'atmosphère s'était épaissie depuis le 10 mai 1940. Les Allemands avaient envahi la Belgique et déferlaient sur la France comme une nuée de sauterelles, provoquant la déroute et l'exode des populations. Emil était nerveux. Le soir, pour se calmer, il priait Fanny de lui jouer du piano et de lui chantonner un air, un *lide* qu'il disait, et je me demandais si ça avait quelque chose à voir avec le mot breton pour la messe des morts, et peut-être bien que oui parce que c'était une musique à peindre les murs de tristesse.

Dans la journée Fanny n'était pas moins agitée que son mari. Elle faisait la revue dans les garde-robes, alignait des habits pour tout le monde sur son lit, les

1. Comment ? Ce n'est pas vrai ?

pliait soigneusement et remplissait des valises, juste pour voir si les vêtements qu'elle avait choisis tenaient dedans. Elle les ressortait et les remettait sur les étagères, mais à part du reste, prêts à être de nouveau fourrés dans les valises sans avoir besoin de trier. Ces valises me sapaient le moral. Elles rimaient avec le verbe « partir » qui était sur les lèvres des personnes chez qui on allait. Ces voyages à Brest et Quimper étaient aussi tristes que des enterrements.

A Quimper, Emil a garé sa voiture sur le Champ de Bataille, aujourd'hui la place de la Résistance, au bord de l'Odet, une jolie rivière avec tout un tas de ponts et de passerelles et des magnolias qui touchaient presque l'eau. On a tourné et viré dans des rues du centre bordées de vieux immeubles datant du Moyen Age, avec du bois peint en façade. En bas d'une rue commerçante, pas loin du Steïr, l'affluent de l'Odet, on est entrés dans le magasin d'un marchand de fourrure, une vraie caverne d'Ali Baba, avec des manteaux, des vestes et des étoles en fourrures de toutes sortes et, posé sur le plancher ciré, un grand miroir à trois faces permettant de se regarder des pieds à la tête de tous les côtés, ce qu'ont fait les petites en jouant les mannequins.

Le monsieur et la dame avaient un drôle de nom, Zimmerman ou quelque chose comme ça. Ils étaient tous les deux très bruns, avec des yeux aussi noirs que des bolos[1] en novembre, quand les premières gelées les ont flétries et qu'il est temps de les cueillir et de

1. Prunelles sauvages.

les mettre à macérer dans du lambig pour fabriquer le digestif du pauvre. La dame portait une robe de sortie – en taffetas, je pense – avec un grand collier de perles en sautoir, le monsieur était en costume bleu et cravate rayée. L'élégance de leur tenue, qui aurait dû leur donner un air supérieur, jurait avec leur mine de papier mâché de gens prêts à se coucher sur leur lit d'agonie. Les yeux embués, ils ont longuement serré la main d'Emil et de Fanny, en hochant la tête, comme quand on ne sait pas quoi dire, à des condoléances.

On est montés à l'étage et on s'est assis autour d'une table, environnés par un mobilier et des boiseries massives qui mangeaient la lumière de cette pièce où l'on n'avait aucune envie de danser la java. J'ai vu Fanny tiquer en apercevant des objets posés sur un buffet, notamment un chandelier bizarre. Une bonne a servi le thé et des gâteaux secs, et ils ont parlé de la guerre, et les Zimmerman ont dit qu'ils étaient décidés à prendre la route de l'exode. Ils fermeraient leur magasin et laisseraient les fourrures sur place.

— N'est-ce pas prématuré ? a dit Emil.

— Nous préférons l'inconnu à la certitude de ce qui se passera si Hitler gagne la guerre. Vous devriez faire comme nous.

— Nous y réfléchissons, a dit Fanny, et je ne sais pas si elle mentait ou non.

Elle a dit la même chose aux marchands de fruits et légumes chez qui on est allés ensuite. Ils étaient aussi bruns d'yeux et de peau, comme les pieds-noirs venus en France après la guerre d'Algérie, mais différents des marchands de fourrure, pas cheuc'h pour un sou dans leur tenue de travail, la dame en sarrau et le monsieur en bleu de chauffe. Ils nous ont reçus dans un garage qui servait d'entrepôt, avec beaucoup de cageots vides, et je me souviens que ça sentait bon les pêches, ce qui n'était pas possible puisque ce n'était pas la saison. Eux aussi avaient décidé de rouler vers le sud après avoir liquidé leur stock. Ils partiraient en camion, emporteraient le plus possible d'affaires. Ils ont essayé de convaincre Emil et Fanny de prendre la route avec eux.

— On aura de la place dans le camion pour caser l'essentiel de votre mobilier. Vous nous suivrez en voiture, on fera le trajet ensemble.

Ils parlaient d'aller d'abord à Bordeaux essayer de trouver un bateau, et s'il n'y en avait pas, de traverser une partie de l'Espagne jusqu'au Portugal.

— Les routes seront encombrées, a dit Emil, ce ne sera pas une partie de plaisir. Nous n'avons pas encore pris de décision.

— Mais nous y réfléchissons, a répété Fanny.

Je ne comprenais pas cette nécessité d'abandonner son chez-soi. Comme si Tad et Mamm pensaient à déménager de Rozarbig parce que les Allemands risquaient d'arriver.

On est allés plusieurs fois à Brest. Quelle ville immense ! On avait l'impression de se trouver ailleurs qu'en Bretagne. D'abord, il fallait traverser l'estuaire de l'Elorn, un vrai bras de mer, par le pont de Plougastel, et s'il arrivait que le vent secoue la voiture on avait peur, enfin moi j'avais peur, qu'elle soit poussée contre le parapet et qu'on soit tous précipités dans l'eau. Après le pont la route remontait jusqu'à une place et de là, en général, on redescendait par une rue interminable jusqu'au quartier de Siam, où on avait vue sur le pont tournant, l'arsenal et la Penfeld, et cette partie-là de la ville grouillait de pompons rouges et de gendarmes. Les bateaux de guerre qu'il restait étaient parés à prendre la mer, et de leurs cheminées sortaient des colonnes de fumée que le vent chassait vers la ville pour noircir le ciel de traînées lugubres annonçant la fin du monde. Je crois que j'ai vu tout en noir, au cours de ces voyages à Brest.

On s'est rendus chez plusieurs commerçants du bas de la ville, un fourreur, un marchand de postes de TSF, un parfumeur, un peintre en bâtiment… Chez certains il y avait des enfants avec qui les petites pouvaient jouer pendant que les parents discutaient.

La dernière visite a été pour un marchand de charbon sur le port de commerce, un nommé Haas, c'était écrit sur la porte de son bureau, un petit bonhomme trapu et noiraud de peau, sans doute à cause de la poussière des montagnes de boulets et de coke qui remplissaient son hangar, et rigolard comme un lutin, ah celui-là ne s'en laissait pas conter.

— Pourquoi on se carapaterait ? Mon père a fait la guerre de 14-18 ! Trois fois blessé, trois fois décoré ! Des médailles en veux-tu en voilà ! Pour sauver la France !

Et il a ajouté ce que j'ai entendu plus d'une fois sortir de la bouche de Tad, mais tu ne noteras pas ça dans ton cahier, Marie-Louise, parce que ce ne sont pas des choses à écrire :

— Y a pas à tortiller du cul pour chier droit, on est français, nom de Dieu !

— Bien sûr que nous le sommes, a dit Fanny.

— D'où notre indécision, a dit Emil.

De toute façon, les Allemands ne leur ont pas laissé le temps de réfléchir à tire-larigot. Le 14 juin ils défilaient à Paris, et on a eu Pétain, qui a négocié l'armistice.

— Ce pignouf s'est déculotté devant Hitler, a dit Jean-François un dimanche à Rozarbig.

— L'armée était en déroute, a dit Tad.

— Ah çà, avec un fusil pour deux et dix balles dans la cartouchière…

Dans le Nord, les Allemands n'avaient eu qu'à refermer leur filet pour récolter les soldats français par centaines de milliers. Profitant qu'il n'y avait pas assez de Boches pour les garder, Jean-François a filé promener sa musette sur les routes du Nord, est monté dans un train à Paris et il est revenu à Rozarbig où il s'est dépêché de se débarrasser de son uniforme. Normalement, il aurait dû se faire démobiliser, mais il s'en est bien gardé.

— Pour vivre heureux vivons caché. Pas la peine qu'ils aient mon nom dans leurs paperasses.

Il n'a pas été le seul à adopter cette position. L'un des frères Kermanac'h de Kermabeuzen, Mathias[1], a fait pareil et Jean-François s'est retrouvé plus tard dans la Résistance avec lui.

— Au moins la guerre est arrêtée, a dit Mamm.

— Et le pays est coupé en deux, a dit Tad.

---

1. Voir *Au-dessous du calvaire*, Presses de la Cité, 2005.

— Heureusement que l'Angleterre tient le coup, a dit Jean-François.

Avec ce que je sais maintenant de cette période, je pense pouvoir dire qu'Emil a été l'un des premiers dans le Finistère à entendre l'appel du 18 juin sur son poste de TSF.

Haas, le marchand de charbon de Brest, a téléphoné. Emil étant à l'extérieur, c'est Fanny qui a pris la communication et d'après ce qu'elle répondait j'ai bien compris de quoi il était question et elle me l'a confirmé après avoir raccroché. Le marchand de charbon avait viré de bord. Puisque maintenant c'était sûr et certain qu'il aurait des Boches à lui dicter leur loi dans son commerce et à fouiner dans sa vie, il allait passer en zone libre avant que la ligne de démarcation ne soit complètement verrouillée.

Les yeux dans le vague, Fanny frottait doucement son ventre comme le font les femmes enceintes, et ce qu'elle a dit s'adressait autant à moi qu'au bébé qu'elle portait :

— Je vais essayer de convaincre Emil... Et toi, Yvonne, tu nous accompagnerais dans le Midi ?

— Mamm ne voudrait pas, mais je pense que Tad serait d'accord.

— Et toi ?

— Oh ben oui, moi aussi.

Je ne suis pas petite souris, j'ignore ce qu'ils se sont dit sur l'oreiller. Toujours est-il que pendant plusieurs jours Emil a fait ses visites avec une bonne partie des bagages dans le coffre de la voiture, et puis un soir il est rentré avec une valise au bout de chaque bras et a dit à Fanny :

— Pardonne-moi, je ne peux pas me résoudre à abandonner mes patients.

Elle a hoché la tête et murmuré quelque chose que je n'ai pas saisi. Il était question de sort et de jeter. Jeter un sort ?

Par honnêteté je suis obligée de dire qu'à Plouvern on n'a pas été submergés par les Allemands, cantonnés à Huelgoat. Quand ils traversaient le bourg, à pied, à moto ou en voiture, ma foi ils se montraient polis et le nouveau maire, Yves Saliou, un calotin nommé par Pétain, leur faisait des courbettes alors que la plupart des gens détournaient la tête.

En septembre 1940 les avions anglais ont bombardé le port de Brest et on a commencé à voir affluer des réfugiés dans les monts d'Arrée. Ce n'étaient pas à proprement parler des réfugiés, on ne les chassait pas de chez eux, mais des gens qui habitaient aux premières loges, près du port et de l'arsenal, et qui avaient peur d'être tués par les bombes anglaises, et à juste titre, d'ailleurs, parce que des maisons dans ces parages-là, à la fin de la guerre il n'en restait plus beaucoup debout.

Les hommes venaient d'abord en reconnaissance, certains en car, les plus riches en voiture et d'autres à vélo, pour chercher un logement, et une fois qu'ils avaient trouvé une maison à louer, la famille suivait. A part les plus âgés, qui touchaient une pension, ou les personnes aisées qui avaient de l'argent de côté, peut-être pas des fortunes mais de quoi voir venir en réduisant les frais, le lundi les hommes retournaient à Brest travailler et revenaient le samedi soir passer le dimanche avec femme et enfants.

Les connaisseurs cherchaient des champignons. Dans les bois ça grouillait de cèpes et de girolles, mais à Rozarbig on n'avait jamais osé en mettre dans une omelette ou autour du rôti de veau, de crainte d'être empoisonnés. Les « Brestois », comme on disait, n'avaient pas peur de se tromper. Tout en remplissant leurs paniers ils découvraient Rozarbig par hasard et demandaient aux parents s'ils n'avaient pas de la nourriture à leur vendre et Mamm leur cédait un peu de beurre ou un bout de lard. Ça a duré pendant toute la guerre et à propos de Tad et de Mamm on ne peut pas parler de marché noir. Ils ne se sont pas enrichis. Mamm cédait ses produits pour presque rien. C'était plus de la charité que du marché noir.

Tad avait enveloppé son fusil de chasse dans des torchons huilés et l'avait enterré dans le trou de fumier du liorzh. Jean-François et lui avaient bâti des cabanes couvertes d'ajonc et de fougère dans les champs reculés, pour abriter les vaches qu'ils avaient séparées et dispersées, afin de pouvoir dire aux Boches, s'ils venaient réquisitionner des bêtes, qu'ils n'en avaient qu'une, attachée au plus près de la maison en démonstration. Les Boches les ont laissés à peu près tranquilles. Ils allaient plus facilement dans les grosses fermes, où leur visite était plus rentable, comme quoi il y a des avantages à rester petit, on attire moins l'attention.

Mi-octobre la grossesse de Fanny est venue à terme. J'ai aidé à l'accouchement, en m'occupant de l'eau chaude, des linges propres et tout le bataclan. Dame, je n'étais plus une gamine, j'avais dix-huit ans, et je n'étais pas non plus ignorante. Je sais bien que ce n'est pas une comparaison à faire, mais à Rozarbig j'en avais vu des vaches vêler. Une femme, évidemment que ce n'est pas pareil, et ça m'a intéressée d'assister au travail, sans me donner la moindre envie de me retrouver dans cette situation-là. Pourquoi ? Peut-être à cause de l'accouchement qui avait duré deux jours, à Kerandraon.

A Ker-Tilhenn le bébé est sorti en un tournemain et a poussé ses cris tout de suite. C'était un garçon, un beau bébé, pas étonnant avec les parents qu'il avait. Qu'est-ce qu'on pouvait rêver de mieux ? Les petites ont été aux anges, et que ça se disputait pour le prendre dans leurs bras. Je les appelle toujours « les petites », et je continuerai parce qu'elles étaient mes petites sœurs, tout autant qu'Anne-Marie que je ne voyais pas beaucoup grandir, mais ces petites-là avaient pour alors dix et huit ans. Des grandes filles ! Aptes à s'occuper avec délicatesse de leur petit frère.

Le bébé a mis de la joie dans le foyer et renvoyé les malheurs de la guerre et de l'Occupation à mille kilomètres de la maison. Il était mignon comme tout, avait des cheveux qu'on pouvait presque peigner, et on a l'habitude de dire que des cheveux à la naissance c'est une promesse de réussite et de fortune pour plus tard. Ils étaient d'un blond très clair comme ça arrive pour les nourrissons et des fois ils gardent cette couleur pendant pas mal d'années. D'après Mamm, Jean-François, blond aussi à la naissance, n'a commencé à foncer qu'à partir de ses quatre ans. Anne-Marie et Joseph je ne me rappelle pas, je crois qu'ils ont été châtains de tout temps.

Fanny avait beau être grande et mince, c'était une femme solide, pas du genre à rester au lit à se lamenter des suites de l'accouchement. Deux jours après elle était debout, la poitrine bien gonflée. Ah çà, le petit n'était pas privé de lait maternel. Fanny lui donnait le sein sous les yeux des petites qui trouvaient ça magique. Elles ont voulu goûter, et elles ont goûté un peu. Pouah ! elles ont fait.

Pour les changes du bébé, Fanny avait une méthode bien différente de la nôtre. A cette époque-là, on emmaillotait le nouveau-né de la taille aux pieds dans un lange serré et un bébé ressemblait plus à un bout de bois bien raide qu'à un nourrisson. Fanny ne mettait pas de lange, juste une culotte par-dessus la couche et la pointe, et tant pis pour les fuites.

— Ses gambettes doivent pouvoir gigoter, qu'elle me disait, sinon il ne peut pas se muscler, et il est malheureux. Tu aimerais ça, toi, qu'on te ligote les jambes ?

Elle avait raison, et on y est venus, à sa méthode, avec la culotte en plastique par-dessus la couche, mais longtemps après, à partir des années soixante, ou soixante-dix peut-être bien.

La question du prénom restait en suspens. Les petites avaient écrit des prénoms sur des bouts de papier qu'elles mettaient dans un saladier et, les yeux fermés, elles piochaient dedans à tour de rôle. Fanny leur disait de patienter. Emil ne paraissait pas pressé d'aller déclarer le petit à la mairie. On aurait dit qu'il reculait devant les formalités. Lui, il savait bien pourquoi il hésitait. Après, moi aussi j'ai compris qu'il y avait de quoi se ronger les sangs. Tant que ce petit n'avait pas d'existence à l'état civil il ne risquait pas d'être montré du doigt

Bref, si on met de côté l'Occupation, les réfugiés de Brest et les restrictions, à Ker-Tilhenn les choses n'allaient pas si mal que ça, quand une huitaine de jours après la naissance, juste avant la Toussaint, tout a été fichu par terre.

Les petites se préparaient pour aller à l'école. Emil avait une visite à faire tout de suite après le petit déjeuner. Il est sorti de la maison avec sa sacoche, on a entendu la voiture démarrer, et une minute plus tard voilà qu'elle revenait en marche arrière. Emil est rentré. Son visage était gris comme s'il avait vu la mort. Il s'est assis sur le banc qu'il y avait dans le couloir à côté du pot à parapluies. Affaissé, le menton sur la poitrine, les mains entre les genoux, on aurait dit que toute la misère du monde venait de lui tomber dessus.

— Emil ? Qu'y a-t-il ? Tu nous fais un malaise ?

Il a secoué la tête et levé sur nous un regard de chien battu. Il avait les larmes aux yeux.

— Mais enfin, Emil ? Que se passe-t-il ?

— Le portail, Fanny, le portail…

On s'est précipitées. Emil a crié :

— Pas les petites !

Puis il nous a chuchoté :

— Inutile qu'elles voient cette saleté…

— On va être en retard à l'école, a protesté Mathilde.

— Pas de beaucoup, a dit Fanny. Vous direz que vous avez eu une panne d'oreiller. Allez donc voir si le bébé dort bien.

Elle et moi on a descendu les marches du perron, on a marché sur nos chaussons dans l'allée gravillonnée, un merle chantait en haut du tilleul et j'ai pensé que les oiseaux restent gais, quoi qu'il arrive, sauf quand il gèle à pierre fendre, et deux minutes après j'ai songé que malgré la douceur de l'air le cœur de Fanny avait gelé et qu'il s'était sûrement fendu en deux, à voir comment elle a verdi en découvrant ce qui pour elle était une horreur et pour moi pas encore, puisque je n'avais ni les tenants ni les aboutissants pour éclaircir ce que ça signifiait.

Emil avait laissé le portail aux trois quarts fermé et il a fallu qu'on se faufile pour le regarder de l'extérieur. De la rue personne ne pouvait rater ce qui était écrit dessus.

En lettres géantes qui dégoulinaient de peinture jaune, on avait badigeonné un mot, un seul :

JUIFS

7

Côté jardin, le portail a été secoué, on a sauté en l'air. Ce n'était qu'Emil. Il avait enfilé sa blouse de jardinage par-dessus son costume et paraissait presque fou furieux. Ce n'était plus le même homme que tout à l'heure, assis sur le banc dans le couloir, complètement abattu. Remonté à bloc, il a dit d'un trait :

— Fanny, rentre à la maison et que les filles ne sortent pas tant que je ne me serai pas débarrassé de cette abomination. Yvonne, va te changer, mets des vieilles frusques, tu vas me donner un coup de main.

Je ne crois pas avoir été d'un grand secours. Enfin, à nous deux on a soulevé de ses gonds le premier vantail et on l'a traîné tant bien que mal jusqu'au fond du jardin.

— Au deuxième, maintenant !

— Mais il n'y a rien d'écrit dessus, j'ai dit.

— Cela ne saurait tarder si on le laisse en place.

Alors on a transporté l'autre partie sur la première, Emil les a arrosées d'essence, a allumé un journal roulé en torche et l'a balancé sur le tas. Il y a eu comme une explosion et ça s'est embrasé d'un seul coup. On a reculé. Leurs cartables sur le dos, les petites sont apparues au pignon de la maison.

— Qu'est-ce que tu brûles, papa ? a demandé Sophie.

— Le portail. Je l'ai cassé en partant.

— Ah ? s'est étonnée Mathilde. Pourtant, ta voiture n'a rien.

— C'est la preuve que le pare-chocs est solide ! Filez vite à l'école.

Les flammes dévoraient le bois, du sapin je pense, pas vermoulu, mais plus tout jeune. Il brûlait comme un fagot sec de plusieurs années. La peinture jaune grésillait et l'inscription se boursouflait en crachant de la fumée malodorante. Après avoir tourné sept fois ma langue dans ma bouche, j'ai osé poser à Emil la question qui me turlupinait :

— C'est quoi, *juifs* ?

Il a grimacé comme jamais je ne l'avais vu faire, presque méchamment, au point que j'ai cru qu'il allait me réprimander, et puis il a vidé sa bile, en jets amers, comme s'il se soulageait d'une nausée.

— Tu as parfaitement formulé ta question, Yvonne. Tu aurais pu dire, *c'est qui*, tu as dit *c'est quoi*. Bravo ! Les Juifs ne sont pas des êtres humains. Les Juifs sont des objets sans valeur sur lesquels on passe ses nerfs, des choses qu'on brise pour le plaisir de briser, des déchets qu'on brûle, tiens, comme ce portail. Au mieux, ce sont des bêtes, mais pas n'importe lesquelles, des animaux qui prennent une apparence humaine et qu'on reconnaît facilement à leur faciès. Ils ont de petits yeux noirs enfoncés dans les orbites, les lèvres minces comme un coup de rasoir, le nez crochu, les membres grêles, de longs doigts en forme de pinces qu'ils introduisent en douce dans les poches de leurs voisins. Agiles comme des singes et furtifs comme des renards, les Juifs sont les rois des voleurs. Ils sont attirés par l'or comme la souris par le fromage. Du métier d'usurier ils tirent de prodigieux bénéfices qu'ils investissent dans le commerce, ce qui les enrichit encore et encore. Gavés de bonne nourriture et abreuvés de vins de châteaux, ils se reproduisent comme des lapins. Là où un couple s'installe, quelques générations plus tard ils occupent tout le terrain, les maisons, les caves, les greniers. Comme des rats. Et que fait-on quand un village est infesté de rats ? On les élimine. Autant que faire se peut. Ce n'est pas toujours facile. Parfois, pour mieux tromper leur monde, ils se déguisent et se faufilent hors de leurs commerces douteux pour gangrener d'autres pans de la société. Ils deviennent hauts fonctionnaires, avocats, huissiers, professeurs, et grâce à leur malignité ils se hissent au niveau des meilleurs, ce qui exacerbe la haine qu'on leur voue. Il arrive aussi qu'ils se dissimulent sous l'aspect d'un médecin…

— D'un docteur ? Comment ça ?

J'étais à deux doigts de penser qu'il délirait. Il a posé ses mains sur mes épaules et m'a fixée droit dans les yeux.

— Regarde-moi bien, Yvonne. Tu as en face de toi un Juif de la pire espèce.

— Mais…

— Tout à l'heure, regarde bien Fanny, elle est juive. Regarde bien le bébé, il est juif. A midi, quand tu iras les chercher à l'école, regarde bien Mathilde et Sophie, elles sont juives. Nous sommes tous des Juifs errants.

Et d'ailleurs, tel que tu me vois, je m'en vais errer dans la campagne et si possible soulager quelques malades de leurs économies. Ah ! Ah ! Ah ! Ris donc, Yvonne !

Franchement, j'ai cru qu'il avait perdu la boule.

Le portail avait fini de brûler et l'inscription avec lui. Tant qu'à faire, j'ai balayé les feuilles mortes du tilleul et les ai jetées sur les braises. Une belle fumée blanche s'est élevée en grosses volutes et je suis restée à la contempler, la tête enfumée d'idées impossibles à trier.

Dans la cuisine, Fanny allaitait. Ses seins étaient ronds et roses avec à peine une petite veine bleue par-ci, par-là. Les yeux grands ouverts le bébé tétait goulûment, et ce joli tableau ne correspondait pas du tout au portrait qu'Emil m'avait brossé des Juifs, mais n'empêche qu'en regardant la mère et l'enfant j'ai malgré moi cherché ce qu'ils pouvaient avoir de différent.

Au dîner, pas un mot n'a été prononcé sur l'inscription. Devant les petites, Fanny et Emil ont fait bonne figure, mais on sentait bien que le cœur n'y était pas. Il y avait en eux quelque chose de cassé, et pour de bon. Et en moi aussi, sans que je puisse dire exactement quoi. Je me sentais oppressée, comme si le monde avait changé autour de moi, comme si le ciel n'était plus le ciel, le jour le jour et la nuit la nuit. Ce que je dis là n'a pas beaucoup plus de sens que les histoires de Juifs-lapins et de Juifs-rats d'Emil, mais je ne sais pas comment dire autrement.

Après le repas, une fois les petites couchées et le bébé nourri et endormi, Emil et Fanny m'ont gardée avec eux au salon, pour boire une tisane au coin du feu. Ils se sont assis tous les deux en face de moi.

— Yvonne, il faut que tu saches que les temps vont devenir très difficiles pour nous, a dit Emil en allumant sa pipe. Nous aurions dû fuir à l'étranger ou en zone libre quand nous en avions encore la possibilité.

Puis il s'est adressé à Fanny :

— J'endosse la responsabilité de ce qui risque de nous arriver. Pourras-tu jamais me pardonner d'avoir pris la mauvaise décision ?

— Ne sommes-nous pas unis pour le meilleur et le pire, mon chéri ?

Je t'assure, Marie-Françoise, il y avait tellement d'amour entre eux qu'on aurait dit qu'ils resplendissaient à l'intérieur d'un globe lumineux.

— Nous allons essayer d'éviter le pire, a continué Emil, et nous verrons comment. Mais d'abord, Yvonne, nous devons éclairer ta lanterne. Si tu avais été au catéchisme, tu connaîtrais les grandes lignes de l'Ancien et du Nouveau Testament et tu aurais entendu parler des Juifs. Alors voilà…

Il m'a donné une leçon d'histoire et j'ai été saoulée de royaume d'Israël et de Juda et d'un tas de noms de pays et de personnages et d'événements datant d'avant la naissance de Jésus-Christ. Ce que j'ai retenu, c'est que ces gens-là, les Juifs, vivaient tranquillement sur leurs terres en Palestine et que ces terres étaient fertiles et les autres autour voulaient se les approprier, quitte à les tuer tous. Ils se sont enfuis là où ils ont pu. Ça n'a pas beaucoup changé depuis, la terre rend les gens fous, ici les paysans se disputent pour un bout de talus qui ne vaut pas cent sous, et ça se prolonge sur des générations et des générations. En plus, là-bas, en Asie Mineure, il y avait des guerres de religion, et se faire la guerre pour des croyances dépasse l'entendement de ceux qui n'en ont aucune. Chacun doit être libre de prier qui il veut et tant mieux pour lui si ça lui fait du bien, tant qu'il ne mange pas le pain des voisins.

— As-tu entendu parler de Jésus ? m'a demandé Emil.

Quand même oui. On ne pouvait pas le rater, présent sur sa croix à tous les kroazhentoù[1]. « L'acrobate », disaient Tad et Jean-François – Marie-Françoise, ne l'écris pas, ça risquerait de déplaire à certains. Ensuite, à l'école la plupart des filles allaient au catéchisme et montraient leurs livres dans la cour de récréation et il y a des images qui te restent, une mer qui s'ouvre en deux pour laisser passer une multitude d'hommes, de femmes et d'enfants ; un bébé dans un berceau en osier qui s'en va au fil de l'eau ; la naissance de Jésus dans une crèche, avec l'âne et le bœuf ; les rois mages guidés par une étoile ; le traître qui vend Jésus aux Romains contre une poignée de pièces ; un soldat qui plante sa lance dans le cœur de Jésus crucifié ; l'histoire du coq qui chante trois fois (les nôtres, à Rozarbig, c'était plus que ça, je t'assure) ; Jésus qui sort de son tombeau, et encore d'autres scènes que j'ai citées à Emil.

— Pour une mécréante, ce n'est pas si mal que ça, Yvonne. Mais l'origine du mal qui au fil des siècles s'est ancré de plus en plus profondément dans les esprits tient à une accusation : les Juifs ont condamné Jésus à mort.

— Je croyais que c'étaient les Romains.

1. Carrefours.

— Ponce Pilate s'en est lavé les mains... Une foule juive n'est pas différente d'une assemblée de sauvages. Les Juifs voulaient du spectacle. Et les gardiens du Temple, les grands prêtres juifs si tu préfères, n'étaient pas mécontents de se débarrasser d'un rebelle. Ils y ont gagné d'être à jamais maudits. Au fur et à mesure que la religion chrétienne s'est répandue, la chasse aux Juifs a repris, impitoyable, partout, y compris là où ils étaient implantés depuis des siècles. Par exemple, ils ont dû fuir l'Espagne et traverser la Méditerranée pour gagner l'Afrique du Nord où ils ont fait souche parmi les musulmans. Nos ancêtres, à Fanny et moi, c'est en Europe de l'Est qu'ils sont allés, et c'est de là que nous venons.

— Je croyais que c'était de Paris.

— Paris a été l'avant-dernière étape de notre fuite immémoriale.

— Le plus drôle, a dit Fanny, c'est que Jésus était juif.

Comme quoi à Rozarbig on avait bien fait de rester en dehors de ce micmac de religions qui transforment la réalité à leur gré.

— Un fait que les chrétiens se gardent bien de rappeler, a dit Emil.

Ils paraissaient à la fois amers et amusés. Des fois, la meilleure façon de venir à bout des ennuis, c'est de s'en moquer.

— Mais vous, j'ai dit, vous n'avez pas de religion, on ne peut rien vous reprocher.

— Attends un peu, Yvonne... Un peuple qui émigre se doit d'avoir de la ressource. En quelque endroit qu'ils sont allés, les Juifs se sont montrés industrieux.

A la haine religieuse s'est ajouté le ressentiment économique. Et les superstitions. Ah oui, n'oublions pas les superstitions. Une épidémie de choléra : la faute aux Juifs. De mauvaises récoltes : la faute aux Juifs. Une vache qui avorte : la faute aux Juifs. La foudre qui frappe le clocher de l'église : la faute aux Juifs. Un enfant qui se noie dans une rivière : encore un crime des Juifs. Alors, que fait-on ? On tue les Juifs du village, on égorge hommes, femmes, vieillards, enfants, bébés.

— Comment on peut faire des choses pareilles ? j'ai dit, estomaquée.

— C'est une réalité. Et avec Hitler cette réalité-là prend une autre tournure. Pour simplifier, sache, Yvonne, que les nazis veulent éliminer TOUS les Juifs.

— Pas possible !

— Jusqu'au dernier !

— Même dans le pays d'où vous venez ?

— Là-bas ils mettront les bouchées doubles, crois-moi.

J'étais dépassée. Tu comprends, Marie-Françoise, jusque-là je ne savais pas qu'il y avait des Juifs sur cette terre. J'ai continué sur mon idée.

— Mais quand même, un docteur, une infirmière...

— Peu importe. En Autriche et en Tchécoslovaquie des écrivains, des musiciens, des peintres, des architectes, de grands professeurs ont été spoliés de leurs biens et vivent dans la hantise de leur arrestation. Les plus avisés ont quitté le pays à temps. Nous avons été de ceux-là. Nous avons quitté la Roumanie dès les premiers signes annonciateurs de la montée du nazisme. L'Histoire nous a rattrapés en France. Quoi qu'on fasse, puisque nos parents, nos grands-parents, nos arrière et arrière et arrière-grands-parents étaient juifs, aux yeux des antisémites nous sommes tous les cinq des descendants d'Abraham.

Annotation de Marie-Françoise Baraer

Force m'est de rajouter une note de ma propre main. Yvonne ne paraissait pas en savoir plus sur la biographie des Cogan. Fâchée avec la géographie et incapable de situer la Roumanie sur une carte d'Europe, avait-elle inconsciemment rayé de sa mémoire des éléments trop difficiles à assimiler ? A l'instar de bon nombre de personnes âgées souffrant d'égotisme, avait-elle écarté ce qui n'était pas en rapport direct avec ce qu'elle avait vécu ? Quoi qu'il en soit, soucieuse de ne pas rompre le fil de sa narration, je ne l'ai pas interrogée. J'ai effectué mes propres recherches.

Emil Cogan et Fanny Lilienfeld étaient nés à Iaşi, en Moldavie, une région de la Roumanie aux frontières mouvantes, avec des flux et des reflux de populations diverses, dont une importante proportion de Juifs victimes, au fil de l'histoire fort compliquée de cette partie de l'Europe de l'Est, de poussées récurrentes d'antisémitisme.

Après la Grande Guerre, la situation politique de ce pays se stabilisa. Dans cette toute jeune démocratie parlementaire les humanistes avaient une influence prépondérante. Ceux-ci considéraient les Juifs non seulement comme des citoyens à part entière, mais encore comme des facteurs de développement économique et de mixité culturelle. De ce point de vue, les familles Cogan et Lilienfeld étaient des exemples parfaits.

Le père d'Emil Cogan est un industriel avisé, à la tête d'une entreprise de mécanique générale de précision qu'il va orienter vers l'aéronautique et le matériel pour forages pétroliers. Le père de Fanny Lilienfeld gère une société d'import-export de produits diversifiés, du tapis d'Orient aux denrées alimentaires de base. Comme la plupart des sommités de la bourgeoise roumaine, les deux familles sont francophiles et francophones. Emil et Fanny reçoivent une éducation d'enfants privilégiés : nurses françaises, écoles réputées, cours particuliers de langues, de musique, de littérature, d'arts plastiques…

Afin qu'Yvonne comprenne bien cette époque, je lui lus des livres d'Irène Némirovsky et, plus tard, *L'Ami retrouvé*, de Fred Uhlman. A propos de ce dernier livre, elle se scandalisa : « J'ai du mal à croire ça. Deux gamins, copains comme cochons, et parce que l'un d'entre eux est juif tout d'un coup on interdit à l'autre de le voir ? Comme si après avoir su que les Cogan étaient juifs j'avais rendu mon tablier à Ker-Tilhenn. N'importe quoi ! »

Emil et Fanny se rencontrent à la faculté de médecine, s'aiment, se marient et poursuivent leurs études. Mathilde naît en 1930 et Sophie en 1932. En ce début des années 1930, l'atmosphère s'est dégradée. La peste brune se répand, les thèses nazies infectent la Roumanie. La xénophobie étouffe l'humanisme, le populisme est en marche, la démocratie est mise à mal. Les Juifs, désignés par les extrémistes comme des suppôts du bolchevisme, commencent à subir des tracasseries, qui empirent.

Intuition ? Clairvoyance ? Emil et Fanny estiment pertinent d'émigrer en France, contre la volonté de leurs familles respectives qui n'acceptent pas de gaieté de cœur leur exil, mais leur fournissent néanmoins de quoi vivre sans soucis matériels, à Paris, où ils terminent leurs études. Diplômes français en poche, ils obtiennent la nationalité française.

J'imagine que c'est avec effarement qu'ils assistent aux émeutes sanglantes de février 1934 au cours desquelles s'affrontent d'une part les « travailleurs » emmenés par le Parti communiste et, d'autre part, l'Action française, les Croix-de-Feu du colonel de La Rocque et autres ligues fascistes. Les forces de police tirent sur la foule : seize morts et plus de cinq cents blessés chez les manifestants, un garde à cheval tué, quelque deux mille policiers blessés.

C'en est trop. Le cauchemar recommence. Emil et Fanny décident de s'éloigner le plus possible d'une capitale devenue malsaine. Ce sera la Bretagne et notre trou perdu des monts d'Arrée, où ils prendront notre chère Yvonne comme petite bonne.

Avant de refermer cette parenthèse, qu'il me soit permis d'évoquer des faits tragiques qui apportent la preuve de la justesse de l'intuition d'Emil et de Fanny. En 1940, Antonescu, le Pétain roumain (fusillé en 1946), accède au pouvoir. Les Juifs sont persécutés. Nul ne peut dire si Emil et Fanny ont appris, de là où ils étaient à cette date, ce qui demeure comme le plus abominable pogrom de tous les temps. Le 27 juin 1941, à Iaşi, plus de treize mille Juifs sont assassinés, la plupart sur place, chez eux, et les survivants du massacre, au cours de leur déportation dans les camps d'extermination nazis. Nul ne peut dire, non plus, si les familles Cogan et Lilienfeld ont compté au nombre des victimes. Il est probable que oui.

Je redonne la parole à Yvonne...

— Des descendants d'Abraham, Yvonne ! a répété Emil. De ce bon vieux pépère Abraham ! C'est pourquoi, comme de bons Juifs, nous allons prénommer notre garçon David.

— Emil ! Tu n'y songes pas ! s'est écriée Fanny.

— David n'a-t-il pas vaincu Goliath ? Notre David vaincra le Goliath nazi.

— Allons...

— Quoi ? Tu préfères Salomon ?

— Es-tu devenu fou ?

— Je plaisantais, Fanny. Je me presse de rire de tout de peur d'avoir à en pleurer.

— Beaumarchais !

Je ne sais pas qui était ce Beaumarchais mais en tout cas j'ai trouvé que c'était bien dit. Emil a déclaré le petit à la mairie sous le prénom d'Yves-Marie.

— A la maison nous l'appellerons Youenn[1]. Il faut que ce prénom se grave dans sa cervelle. En outre, nous allons faire en sorte qu'il soit bilingue. Sa mère et ses sœurs lui parleront français, et toi et moi, Yvonne, nous lui parlerons breton. Youenn sera un authentique petit Armoricain.

A ce moment-là, j'ai pensé qu'Emil avait une idée derrière la tête. La suite lui a donné raison, ô combien,

1. Se prononce Youn.

tu verras, Marie-Françoise, tu verras quand je serai arrivée au moment de te le raconter.

Evel just[1], un bébé qui entend une langue lui entrer dans une oreille et une deuxième dans l'autre, venu un peu plus grand il les mélange à la sortie, et je me souviens d'une réclamation qu'il me faisait et qui me fait encore sourire, à l'heure qu'il est. A ma connaissance, aucun enfant n'a jamais été allaité aussi longtemps que Youenn. Malgré les bouillies qui le contentaient, il cherchait le réconfort du sein, ce qui devait le rassurer pendant qu'il était trimballé à droite et à gauche, à cause des bouleversements qui allaient se produire. A deux ans et demi, il réclamait toujours la tétée à sa mère, et quand il n'obtenait pas satisfaction il me courait après en criant : « Bronnoù[2], Yvonne ! Reiñ din[3] bronnoù !! » Ah que c'était drôle ! Mais aucun magicien n'a encore réussi à traire une génisse.

Si je te dis des bêtises comme ça, c'est pour te montrer qu'on passait d'un jour à l'autre, sinon d'une minute à l'autre, de la tristesse à des tranches de franche rigolade.

En racontant des choses qui se sont passées si loin dans le temps on se figure avoir eu sur le coup des réflexions qu'on n'a peut-être pas eues réellement. Pourtant, je ne mentirais pas en disant avoir senti Emil décidé à affronter le danger et à faire tout son possible pour qu'ils ne soient pas rattrapés par leurs origines. De toute façon, dans les monts d'Arrée il n'y avait

---

1. Bien entendu.
2. Seins, mamelles.
3. Donne-moi.

pas la Gestapo, rien que des soldats allemands qui se fichaient bien des Juifs. Oui, je crois que tout de suite après la naissance du petit, Emil était de nouveau assez sûr de lui et plutôt optimiste. Moi aussi. Tad et Jean-François pensaient différemment.

Un dimanche que j'étais montée à Rozarbig avec le vélo de Fanny prendre l'air de la montagne, à l'heure du merenn vihan[1] on a parlé d'Emil.

— Il est sûrement fiché comme socialiste, a dit Jean-François, et le fait que tout le bourg sache maintenant qu'il est juif n'arrange pas ses affaires.

— Ouais, a dit Tad, Pétain vient de coller Léon Blum en tôle, et on parle de le traduire en cour martiale, alors…

Alors on a fait ensemble l'inventaire des éléments rassurants, comme quoi Emil était indispensable en tant que médecin et comme quoi les gendarmes étaient des gens de chez nous et ne feraient pas d'excès de zèle pour embêter la famille.

— Nous aussi on va devoir la mettre en veilleuse, a dit Jean-François. Va falloir avoir des yeux derrière la tête, des fois que de drôles de pèlerins tournent autour de la ferme.

— Tu noircis le tableau, a dit Tad. Quels que soient les politicards en place, ils ont besoin des paysans pour nourrir le peuple.

— Et l'occupant !

— T'as raison, et l'occupant. Face aux Boches nos vaches nous protègent, encore mieux que le Père, le Fils et le Saint-Esprit.

---

1. Goûter.

— Amen, a dit Jean-François, et on a éclaté de rire.

C'est le cœur léger que j'ai enfourché mon vélo pour redescendre au bourg. Les pigeons se mettaient au lit dans les bois de mélèzes, les merles chantaient leur sérénade dans les rhododendrons sauvages, l'air vif me ravigotait et je me suis revue gamine en train de cueillir des boutons-d'or dans les prairies et je me suis dit que ce bonheur-là était indestructible. Je ne voyais plus du tout comment ça pourrait mal finir. La vie allait continuer comme avant, cahin-caha peut-être, mais il suffirait d'attendre des jours meilleurs.

Je me faisais des illusions. Une quinzaine de jours après la déclaration de Youenn à la mairie, Mathilde et Sophie sont revenues en larmes de l'école.

8

Une élève les avait traitées de « sales Juives ». Les pauvres petites, elles ne savaient même pas ce que ça voulait dire. Enfin peut-être que si, plus ou moins, car elles nous avaient accompagnés chez les Juifs de Quimper et de Brest et avaient bien dû saisir de quoi il retournait. En tout cas, comme la maîtresse a donné une claque à la fautive et l'a mise au piquet, elles ont sûrement compris que ce n'étaient pas des mots en l'air. Le plus grave, de notre point de vue, c'était d'apprendre qu'il y avait donc dans les environs des gens mal intentionnés et assez malfaisants pour exciter leur fillette contre deux autres fillettes. Si c'est pas malheureux.

La maîtresse d'école, Lisette Cuzon, est venue à Ker-Tilhenn en fin de journée. C'était une gentille jeune femme, à peine plus âgée que moi. Originaire d'une ferme de Bolazec, elle avait eu la chance d'aller au cours complémentaire et de réussir le concours d'entrée à l'Ecole normale des filles de Quimper, et après sa voie avait été toute tracée jusqu'au métier d'institutrice.

Elle a supplié Emil et Fanny de ne pas retirer les petites de l'école. Elle avait puni la coupable, qui d'ailleurs n'avait sûrement pas mesuré la portée des mots qu'elle avait prononcés, se contentant de répéter avec méchanceté ce qu'elle avait entendu à la maison. Lisette Cuzon veillerait au grain.

On ne doutait pas qu'elle était de notre côté. Une institutrice, c'est rarement de droite, et autant le dire tout de suite, son école allait devenir une boîte aux lettres de la Résistance où j'irais déposer des messages. Mais que je n'aille pas plus vite que la musique. A chaque jour suffit sa peine. Pourtant, je suis assez pressée de venir à bout de cette histoire. On serait bien embêtées toutes les deux si tout d'un coup la parole me manquait. Un bon AVC, et hop, voilà ton Yvonne transformée en poire blette, sanglée dans son fauteuil roulant devant le grand poste de télé de la salle commune après la toilette. Il paraît que dans certains établissements été comme hiver ils ferment les persiennes dans les chambres à six heures et demie du soir pour faire croire aux vieux que la nuit est tombée, comme ils le font dans les poulaillers industriels, où ils rallument au milieu de la nuit pour que les poules pondent deux œufs en vingt-quatre heures. Ce sont des méthodes indignes de paysans. Quand je pense à notre façon de travailler à Rozarbig, je me dis que le monde est allé vraiment de travers à la campagne, et en ville aussi, avec tous ces gens entassés dans des HLM. C'est pas parce qu'on a le chauffage central et une salle de bains qu'on est plus heureux.

D'après Lisette Cuzon, s'il fallait chercher le vrai coupable de l'inscription sur le portail et du « sales Juives » à l'école, il suffisait d'aller écouter les sermons du curé de Saint-Herbot, l'abbé Castric. Celui-là en voulait à mort aux Juifs alors qu'il n'en avait jamais vu un de sa vie, même pas en peinture, enfin si sans doute, sur les images de ses livres de catéchisme. Je t'ai déjà dit qu'Emil, quand il apprenait le breton, lisait un magazine dans lequel cet abbé Castric écrivait des articles à te donner la diarrhée et à t'essuyer avec, mais on n'en savait guère plus sur lui. Lisette Cuzon connaissait son pedigree complet.

A la sortie du séminaire il avait débuté sa carrière dans une paroisse du Finistère nord où, avec ses idées, il paraissait à sa place. Le Léon est réputé pour être très calotin. La preuve, on l'appelle la terre des prêtres. Eh bien, dans ce pays conquis, il est allé tellement loin dans ses sermons que même les grenouilles de bénitier et les paroissiens béni-oui-oui se sont plaints. L'évêché lui a demandé de mettre de l'eau dans son vin de messe, mais il a continué de cracher sur la République et de prêcher pour l'indépendance de la Bretagne, au point que l'évêque de Quimper s'est résolu à le muter, un peu comme dans l'armée on mute les réfractaires dans un régiment disciplinaire. Lui, ç'a été dans les monts d'Arrée, chez les Rouges, où ses discours ne seraient pas écoutés par grand monde.

Pendant un bon bout de temps il a rasé les murs et prêché dans une église presque vide. En remplacement, pour vider sa bile, il s'est mis à écrire, sous de faux noms, dans des journaux réactionnaires. Lorsque Pétain a pris le pouvoir, la bride sur le cou il est apparu au grand jour tel qu'il était, une tête pensante des breiz atao[1], ces nationalistes bretons à qui Hitler avait promis l'indépendance.

Dès l'Occupation, il s'est mis à fricoter avec les Allemands. Nommé par Pétain, le nouveau maire avait lui aussi ses entrées à la Kommandantur de Huelgoat, et ils y allaient ensemble, et pas seulement pour manger de la choucroute et des saucisses de Francfort. Ce sont ces deux-là, à mon avis, qui se sont renseignés sur Emil et ont manigancé le badigeonnage du portail par un comparse, le rebouteux probablement.

Le sujet était déplaisant, mais ça a fait du bien à tout le monde d'en parler. Lisette Cuzon était tellement vive, elle respirait tellement une jeunesse pleine d'espoir qu'elle était comme un bouquet de fleurs dans cette maison où l'on ne recevait personne, à part les patients dans la salle d'attente. Fanny et Emil l'ont gardée à dîner, à la bonne franquette, pour le plus grand plaisir de Mathilde et Sophie. A la fin du repas, une fois les enfants couchés, sans le vouloir elle a mis les pieds dans le plat, un plat qui allait nous rester sur l'estomac.

— Le statut des Juifs récemment édicté par Vichy renforce les lois précédentes. C'est une abjection. Que comptez-vous faire ?

Fanny a dressé l'oreille, Emil est resté coi, l'air bien embêté.

— Emil ? a dit Fanny. Tu es au courant ?

— Oui, je l'ai entendu à la radio. Je ne voulais pas t'en parler. Enfin, pas tout de suite.

---

1. Bretagne toujours. Titre d'une publication nationaliste.

— Tu voulais m'épargner ? Après tout ce que nous avons subi ensemble ?

— Je suis désolée d'avoir évoqué le sujet, a dit Lisette Cuzon.

— Ne le soyez pas, a dit Emil. Maintenant ou plus tard… De toute façon, il y a le certain et l'incertain.

Le certain, c'étaient des mesures déjà prises pour plaire aux Allemands, par exemple l'interdiction d'exercer plusieurs professions. Celle de médecin n'était pas sur la liste. C'était aussi l'internement des Juifs étrangers dans des camps. Or, les Cogan étaient français.

L'incertain, c'était la possibilité que Pétain continue de calquer sa politique sur les lois nazies. Dans ce cas, les commerçants et les industriels juifs seraient dépouillés de leurs biens, au titre de ce qu'Emil a appelé l'aryanisation – Marie-Françoise, tu sauras mieux que moi ce que ça veut dire. Et puis, à terme, ce serait l'arrestation de tous les Juifs, qu'ils soient français ou étrangers.

— Espérons qu'on n'en arrivera pas là, a dit Lisette Cuzon.

Emil a grimacé comme je l'avais vu faire devant l'inscription sur le portail.

— Pas dans l'immédiat… La petite difficulté sera de recenser les Juifs français. Il va falloir compulser les décrets de naturalisation, éplucher les actes de mariages mixtes, établir des présomptions de « race juive ». Ce travail de fourmi, ou de cafard, va prendre du temps. Dans notre coin de campagne, nous ne sommes pas près d'être pris pour cibles.

— Ne fais-tu pas l'autruche ? a dit Fanny. Le portail, les petites à l'école, ne sommes-nous pas déjà livrés à la vindicte des antisémites ?

— Par qui ? Par une poignée d'individus exaltés ? Combien sont-ils ? Deux ? Le rebouteux et ce maudit curé ? Trois avec le maire ?

— Il suffit d'un délateur, a dit Fanny.

— Délateur ou pas, pour l'instant nous ne sommes pas concernés par ces lois scélérates.

— J'ai confiance, a dit Lisette Cuzon. Tous ses paroissiens ne prennent pas forcément les sermons de l'abbé Castric pour parole d'évangile et tous les fonctionnaires ne sont pas à la botte de Vichy. En cas de problème, vous aurez de nombreux alliés.

— Acceptons-en l'augure, a dit Emil en rallumant sa pipe benoîtement.

Il était de nouveau si serein que je me suis interrogée. Est-ce qu'il se fichait de son propre sort ? Sûrement qu'il ne se fichait pas du sort de Fanny, des filles et du petit Youenn. Alors, c'était quoi ? Il croyait en sa bonne étoile, et ce soir-là on y a tous cru aussi. Tu vois, Marie-Françoise, je le répète, on passait d'un extrême à l'autre. Les êtres humains sont fabriqués comme ça. Quand il y a de l'orage, tu es persuadée que la foudre ne tombera pas sur ton toit.

Quelque temps après, j'ai fait une chose assez incroyable : un dimanche matin, je suis allée à la messe à Sainte-Brigitte, oh en douce, sans me pavaner. La tête couverte du plus large fichu que j'avais pu trouver, je me suis faufilée à l'intérieur de l'église.

La messe était commencée. Je me suis planquée dans le fond, derrière un pilier, du côté des femmes – à cette époque les hommes et les femmes ne se mélangeaient pas –, et j'ai imité les autres au fur et à mesure que la messe se déroulait, debout, à genoux, signe de croix et simagrées. L'église n'était pas pleine mais j'ai quand même été étonnée qu'il y ait autant de bigots et de bigotes.

Je voulais voir quelle tête avait cet abbé Castric eh ben je l'ai vue. Une tête de mort, une vraie figure de squelette ambulant, et là je me suis dit que ce n'était pas étonnant qu'il aille bouffer la choucroute des Allemands parce que au presbytère de Saint-Herbot il ne devait pas manger gras. Il était pâle comme un linceul et il avait des sourcils broussailleux qui rebiquaient en pointe, comme un diable. Pour un bonhomme aussi malingre, il avait une grosse voix de déballeur sur les marchés, du genre à gueuler approchez de ma boutique, approchez de ma boutique, tout à cent sous, tout à cent sous, puis à s'adoucir pour te cajoler de flatteries, alors ma petite dame, regardez donc mes économes, avec cet outil-là vos épluchures de patates seront aussi fines que de la dentelle de Calais, et votre mari vous félicitera, et alors toi, la petite dame, tu lui réponds hopala ! le mari peut-être mais pas le cochon qui n'aura pas son content d'épluchures.

Les paroissiennes étaient plus nombreuses que les paroissiens. Du fond, je les voyais tous de dos. A droite, il y avait un troupeau de tonsures et de crânes chauves qui luisaient, jaunes comme du beurre rance, à la lumière des bougies. A gauche c'était un rassemblement de coiffes et de fichus, plus au premier rang près de l'autel un chapeau tarabiscoté décoré de fausses cerises, et je pense que là-dessous il y avait la tête de la châtelaine de Kastell Tuchenn qui ne sortait de son domaine de quarante hectares que pour aller à la messe, faut croire, parce que peu de gens, à part les braconniers ou les ramasseurs de champignons qui s'étaient fait enguirlander par Madame, pouvaient se vanter de connaître son visage.

L'abbé Castric est monté en chaire pour déclamer son sermon en breton. Sa voix était bizarre, avec des moments où elle montait très haut dans les aigus quand il couinait au point de s'égosiller, et des moments où elle redescendait dans les tons graves quand il menaçait de priver ses brebis de communion et des sacrements si elles ne respectaient pas le carême, les Rameaux et tout le saint-frusquin. Il a cité les noms de deux jeunes fiancés à qui il avait refusé le sacrement du mariage parce qu'ils n'avaient pas fait leurs Pâques. Ses ouailles étaient prévenues, voilà ce qui attendait d'autres futurs mariés s'ils se mettaient dans le même cas : la privation de la bénédiction divine, l'enfer du péché de chair, la mort sans extrême-onction et la honte d'un enterrement civil. Au trou, comme des chiens ! il leur a promis du haut de son perchoir, en tournant dans sa chaire pour mettre à l'index les têtes qu'il dominait. Au trou comme des communistes ! il a gueulé encore plus fort, et des communistes il est passé à leurs complices, les Juifs, ces suppôts de Satan, sur qui il a déblatéré à n'en plus finir. Je n'ai pas tout compris, d'abord parce qu'il parlait le breton du Léon et que par là-bas ils prononcent les mots entièrement alors que nous on avale des syllabes, ensuite parce qu'il utilisait des mots savants ou des mots de la religion que je ne pouvais pas connaître. En conclusion, il a félicité les Allemands d'avoir entrepris une formidable opération de nettoyage, et dans son enthousiasme il a invité les Bretons à en faire autant.

— Er-maez eus Breizh, Yuzeien ! Er-maez ! Er-maez ![1]

J'ai pris la poudre d'escampette et j'ai eu l'impression que ses yeux me plantaient des tisons entre les omoplates pendant que j'ouvrais la porte en essayant de ne pas la faire grincer. Rien qu'à le raconter j'en ai encore le dos qui me brûle.

A Ker-Tilhenn je n'ai pas évoqué mon excursion à Sainte-Brigitte. N'importe comment, Emil était fixé sur les opinions de ce curé-là et il aurait été malvenu d'inquiéter Fanny encore plus. Par contre, quand Jean-François est venu livrer du bois, je n'ai pas manqué de lui en parler.

— Tu es allée à la messe, toi ?

— Je voulais me rendre compte.

— Et tu as été servie. T'inquiète pas, ce curé facho, on le surveille comme le lait sur le feu.

— Qui « on » ?

— Moins tu en sauras, mieux ça vaudra.

Pas la peine de me faire un dessin, un réseau de résistance était en cours de constitution, et sans doute que ça peut paraître bête, mais je me suis dit que s'il y avait un maquis autour de nous les Cogan seraient sous sa protection.

---

1. Hors de Bretagne, les Juifs ! Dehors ! Dehors !

Pendant un bon moment personne ne leur a cherché noise, et c'était assez logique. Emil était médecin et on avait bien besoin de lui à Plouvern. Et même, c'était à se demander si à la préfecture ils avaient été recensés comme juifs. A première vue aucun fonctionnaire n'avait vérifié la date de leur naturalisation pour mettre leur situation en conformité avec une loi du mois d'août 1940 qui n'autorisait l'exercice de la profession de médecin qu'aux personnes nées d'un père français ou naturalisées avant 1927. Or les Cogan avaient été naturalisés après 1930, et c'était un gros sujet d'inquiétude pour Emil. Théoriquement, on pouvait lui interdire d'exercer et même, en vertu d'une loi datant du mois de juillet, Vichy pouvait réviser leur naturalisation. C'est ahurissant que des hommes politiques soient capables de pondre des lois comme ça. La plupart des politiciens sont des girouettes. A ce moment-là le vent soufflait d'Allemagne, alors bon les vichystes retournaient leurs vestes en guise de grand-voile et prenaient le cap indiqué par les Boches. Je te le dis, Marie-Françoise, c'est à te dégoûter de l'espèce humaine.

Concernant les enfants, je suppose que ça aurait changé les choses, qu'Emil et Fanny soient dénaturalisés. Nés de parents étrangers, comme ça, d'un coup, les filles et le petit Youenn n'auraient plus été français. D'un trait de plume, toute la famille aurait été déclarée apatride, et là ç'aurait été très grave, la police aurait pu les ramasser n'importe quand, comme ç'a été le cas pour des personnes qu'on avait visitées à Brest et à Quimper.

Emil était sans nouvelles d'eux et supposait qu'ils avaient été internés dans des camps. D'après le marchand de charbon de Brest qui avait téléphoné à Emil de la zone libre, les camps où les Juifs étaient regroupés en France n'étaient que provisoires. Ensuite, ils étaient envoyés à l'est, pour travailler dans des villages avec tout le confort, prétendait la propagande. Emil n'y croyait pas une seconde. Fanny et lui en avaient trop vu pour gober cette rumeur. Mais qu'est-ce qu'il y avait exactement derrière ? En 1941, personne n'aurait pu imaginer ce qui se passait réellement en Allemagne et en Pologne.

A la suite du coup de fil du marchand de charbon, une fois de plus Emil a été tenaillé par l'idée de se réfugier en zone libre, et ça se comprenait. Si jamais ça tournait au vinaigre, il serait coupable de n'avoir pas pris la bonne décision quand il le fallait. Un soir il a téléphoné à un collègue qu'il avait connu à Paris et qui travaillait à l'hôpital de Tours. Fanny et moi on écoutait les « hum » et les « ah ! » d'Emil et ça ne sonnait pas très bon. Tu penses bien que c'était après avoir mis les enfants au lit, pour que les filles n'entendent pas. Le petit Youenn, ça ne lui aurait fait ni chaud ni froid, il était encore dans le monde des anges innocents, le pauvre mignon.

Le résultat de cette conversation par téléphone ? D'une part, il était hors de question que les Cogan demandent des laissez-passer officiels pour se rendre en zone sud, sauf à courir le risque que ça réveille un fouille-merde à la préfecture qui se serait dit en se frottant les mains, tiens, tiens, tiens, mais ceux-là, c'est-y pas des Juifs à dénaturaliser ? D'autre part, ce n'était pas dans les monts d'Arrée qu'ils se procureraient des faux papiers. La seule solution était donc de franchir la Loire de nuit, sur la barque d'un passeur, à un endroit approprié, ce qui supposait d'arriver dans la région un ou deux jours avant, de trouver un hébergement dans un hôtel ou une maison d'hôtes où la Gestapo ne viendrait pas fouiner, et après de s'en remettre à l'honnêteté du passeur. Or, le médecin de Tours avait rapporté à Emil des histoires de Juifs dépouillés de leurs bijoux et de leur argent par des logeurs ou des passeurs, et livrés aux Boches pour finir.

— C'est quitte ou double, Fanny.

— Trop tard et trop dangereux.

Retour à la case départ. Une fois pesés le pour et le contre, Emil et Fanny se sont dit qu'ils couraient moins de risques à Plouvern qu'à essayer de franchir la ligne de démarcation clandestinement. Je ne devrais pas le dire, mais ce que j'ai ressenti était humain, on n'y peut rien. Egoïstement, leur décision m'a soulagée. Ils ne m'auraient pas emmenée avec eux dans une telle aventure. Ils restaient, je restais auprès d'eux.

Quand j'y repense, passer de l'espoir à la dure réalité, s'imaginer franchir la ligne de démarcation et une heure plus tard y renoncer, c'était une forme de torture. Il y avait de quoi tourneboulеr les gens. Mais Fanny était solide et Emil d'un calme à apaiser les tempêtes. Et il avait son cabinet pour le distraire de ses pensées.

Les patients n'avaient pas diminué. Remarque, collabo ou pas, antijuif ou pas, si tu as besoin de te faire soigner tu ne regardes pas le nez de ton médecin, surtout quand tu n'as pas le choix. C'est triste à dire avec ce qu'on sait de la suite, mais c'est comme ça : par rapport aux aléas du voyage vers la Touraine, aux dangers de la traversée de la Loire en barque et aux incertitudes de leur sort s'ils avaient réussi à passer dans une zone pas si libre que ça puisqu'elle était dirigée par Pétain, eh ben tu vois, Marie-Françoise, Plouvern était un refuge.

Quand tu as une belle maison avec un bon feu dans la cheminée, tu te roules dans ton confort et tes habitudes comme une vache dans la crèche en hiver, qui ne doute pas qu'on viendra la traire à heures fixes. Tu ne crèves pas de froid, tu manges à ta faim, tu arrêtes de penser, tu t'endors sous ton édredon, tu oublies le lendemain, bien au chaud sous tes couvertures et ici, les couvertures, c'étaient le respect et l'admiration que ses patients vouaient à Emil, et l'isolement du pays d'Arrée qui semblait à mille lieues des griffes de la bureaucratie. Et que je n'oublie pas Tad et Jean-François, prêts à tout faire pour protéger les Cogan.

Depuis le début de l'Occupation et de l'Etat de Vichy, finalement les Cogan étaient sur une balance, un coup en bas, un coup en haut, et là, à partir du moment où ils ont renoncé à essayer de franchir la ligne de démarcation, la flèche s'est bloquée sur le milieu. Les deux plateaux étaient équilibrés.

Ce que j'essaye de t'expliquer c'est la différence entre se ficher de son sort et croire à l'existence d'une porte de sortie, quoi qu'il arrive. Il n'y avait aucun je-m'en-foutisme là-dedans, rien que de l'espérance et toujours la foi en sa bonne étoile, et parler de bonne étoile n'est pas très approprié ici, parce que plus tard il y a eu la honte de cette étoile jaune obligatoire à coudre sur tous les vêtements.

Au cours de l'été 1941, ce sont des brassards qu'on a vu apparaître, portés fièrement par des boy-scouts enrôlés dans la milice bretonne.

9

Oh ce n'était pas l'armée de Napoléon en route vers la Russie. Ils n'étaient qu'une vingtaine, à tout casser. Un matin, clairons et tambours en tête, ils ont défilé à travers Plouvern en chantant Maréchal, nous voilà ! Ah ben oui, j'ai pensé, nous voilà bien, avec une bande de maréchalistes à nous réveiller en fanfare. Ils étaient en short noir et chemisette blanche et ils avaient aux pieds des brodequins et des chaussettes kaki roulées sur la tige des chaussures de façon qu'on puisse admirer leurs mollets sans aucun poil dessus. Des jeunes, presque des gosses, et on aurait pu les prendre pour une équipe de football s'ils n'avaient pas arboré ce fameux brassard ressemblant à celui des nazis, sauf qu'à la place de la croix gammée il y avait, jaune sur fond noir, le triskell des breiz atao. Biskoazh kemend-all, quels drôles de communiants, hein ?

Ils ont poursuivi leur marche en direction de la montagne, et sûrement qu'ils n'allaient pas chercher des girolles dans les bois ou des pieds-de-mouton dans les prairies. Si j'avais le cœur à plaisanter, je dirais plutôt des trompettes-de-la-mort annonçant la fin de la paix qu'on nous fichait, parce que avec cette escouade de mardi gras à parader à notre porte on avait du souci à se faire.

On n'a pas tardé à savoir qu'ils rejoignaient un camp d'été aménagé pour eux sur les terres de Kastell Tuchenn par Monsieur le châtelain et Madame la châtelaine, mar plij[1]. Ceux-là ne cachaient plus leurs opinions. Et devine qui avait arrangé l'installation du camp au manoir ? Leur confesseur personnel, l'abbé Castric, comme de bien entendu. Je ne sais pas quels péchés ils pouvaient bien lui confesser ni quelles pénitences le curé trouvait à leur donner parce que ces sang bleu et pur-sang collabos étaient déjà du genre à marmonner d'eux-mêmes des Je vous salue Marie de l'aurore à midi et des Notre Père de midi à la tombée de la nuit.

Jean-François est allé les espionner. Deux grandes tentes avaient été montées sur la pelouse devant le manoir et c'est là-dedans que les gars dormaient, comme des militaires en campagne. Par contre, ils cuisinaient leur tambouille et mangeaient dans les anciennes écuries. En dessous des tentes un grand terrain cerné de bois sur trois côtés descendait en pente douce vers la vallée de l'Elez. C'était leur champ de manœuvre, aménagé avec tout ce qu'il fallait pour les faire suer. Et que ça grimpait à la corde, se hissait à la barre fixe, jouait à saute-mouton, rampait sous des fils de fer barbelés, courait de haut en bas et de bas en haut, défilait arme sur l'épaule. Ce n'étaient que des fusils en bois, mais un de ces jours les Boches leur

1. S'il vous plaît.

fourniraient des mausers, aussi sûr et certain que deux et deux font quatre.

Comme le dimanche il était de service, soit à Sainte-Brigitte, soit à Saint-Herbot, l'abbé Castric venait leur dire la messe le vendredi. S'il pleuvait, ça se passait dans les écuries, et là tintin pour voir quoi que ce soit des bois où Jean-François était planqué. Par beau temps, les châtelains installaient un autel sur le perron, avec une nappe blanche et des fleurs de leur jardin, et l'abbé Castric apportait tout son bazar, transporté par ses deux enfants de chœur. Le château fournissait le vin. On imagine mal un curé montant à Kastell Tuchenn avec un kil de rouge dans sa musette.

Avant la messe tout ce joli monde saluait les couleurs : apprentis miliciens en grande tenue, chemisettes et shorts immaculés, brassards bien repassés, châtelaine chapeautée, châtelain en costume de velours, garde à vous ! Le drapeau tricolore était hissé et ils chantaient à la gloire du Maréchal. Puis c'était au tour du Gwenn ha Du[1] de flotter en haut du mât, et ils chantaient le Bro gozh ma zadoù[2]. Je suppose que l'abbé Castric et sa troupe auraient bien aimé inverser l'ordre des drapeaux, mais bon, histoire de ménager la chèvre et le chou, honneur à Pétain, d'abord.

Ç'aurait pu être une simple bénédiction, mais pas du tout, le curé disait une vraie messe, avec cantiques et des moments où les gens sont debout, puis à genoux, et l'enfant de chœur qui agite ses clochettes, et vers la

1. Drapeau breton.
2. L'hymne breton.

fin la communion, et puis echu an abadenn[1], dispersion des fidèles et on va casser la graine. Evidemment, un vendredi ils n'allaient pas manger de la viande, alors toute l'équipe bouffait du saumon piqué à la fourche dans l'Aulne ou des truites qu'ils avaient braconnées la veille en barrant le ruisseau – à l'époque, il n'y avait qu'à se baisser pour en récolter tant que tant.

Après m'avoir raconté tout ça, Jean-François m'a dit avoir reconnu Blaise, l'un des frères Kermanac'h, parmi les miliciens novices.

— Avec Mathias qui est du bord opposé, il risque d'y avoir du reuz[2] à Kermabeuzen.

Du reuz, c'est peu de dire qu'il y en a eu, puisque le Mathias a fait fusiller son frère Blaise, à la Libération.

— Bon, a terminé Jean-François, tant qu'ils joueront aux petits soldats ils ne nous empêcheront pas de dormir. Il faut les garder à l'œil et laisser venir.

Laisser venir était toujours le mot d'ordre à Ker-Tilhenn. Il n'y avait pas de changement. A part l'abbé Castric et sa poignée d'illuminés, personne ne semblait s'intéresser aux Juifs. Pourtant, des choses se passaient par en dessous. L'arrestation du docteur Jacq, de Huelgoat, a révélé que les murs avaient bel et bien des oreilles, et en plus des mains et un porte-plume et de l'encre pour écrire des lettres sans les signer.

Ce docteur Jacq, déjà surveillé de près en tant qu'ancien conseiller municipal communiste, a été dénoncé par une lettre anonyme qui disait qu'il était en train de reconstituer une cellule clandestine du Parti et

1. Fini la représentation.
2. Désordre/malheur/zizanie/désastre/chaos.

qu'il mettait sur pied un groupe de FTP. Interné en Loire-Inférieure et placé en tête de liste des otages à fusiller à la première occasion, son compte était bon. Après l'assassinat à Nantes d'un officier allemand, le 15 décembre 1941, à Châteaubriant, il a été fusillé avec huit autres martyrs. Le 22 octobre, les Boches y avaient déjà fusillé vingt-sept otages.

A Plouvern, la nouvelle a fait l'effet d'une bombe. Fini le petit train-train de l'Occupation que la plupart subissaient comme un rhume de cerveau. Tu sais qu'il va passer tout seul et tu en profites pour te régaler de grogs au lambig. J'aime autant te dire que beaucoup se sont mis à rentrer la tête dans les épaules et à raser les murs à la vue d'un uniforme vert-de-gris. Moi, j'ai eu tendance à photographier la bobine des nouveaux patients qui venaient s'asseoir dans la salle d'attente. Dame, depuis l'arrestation du docteur Jacq les médecins ne couraient plus les rues, à trente kilomètres à la ronde. Ces nouveaux patients, je les épiais, et me demandais : tout sourire par-devant et collabos par-derrière ? Les salauds ne portent pas un écriteau autour du cou avec écrit dessus mouchard. Il y a toujours eu et il y aura toujours des gens pour toupiner leurs voisins, ça fait partie de la vie d'un village et c'est même une sorte de distraction, mais de là à dénoncer quelqu'un qui risque d'être fusillé, il y a un précipice. L'homme est un loup pour l'homme, on a appris ça à l'école, mais les bêtes sauvages sont moins cruelles que les êtres humains, et quand tu as autour de toi de ces fauves-là, tu te dis qu'il faut les éliminer, et c'est ce qui allait arriver à l'abbé Castric. Comme dit le proverbe breton, gwelloc'h eo lazhañ ar bleiz evit bezañ debret gantañ, il vaut mieux tuer le loup que d'être mangé par lui.

Il paraît que le sous-préfet de Châteaulin était intervenu en faveur du docteur Jacq. Il avait demandé sa grâce aux Allemands, ce qui était courageux de sa part, car il risquait son poste, sinon pire, comme d'être accusé de sympathie pour les communistes. On a donc supposé que c'était ce sous-préfet qui avait mis le dossier Cogan en dessous de la pile, parce que normalement, au vu des nouvelles lois, Emil aurait dû être interdit d'exercer, or il était toujours médecin.

Une lettre est arrivée un jour à Ker-Tilhenn pour le prévenir qu'il était autorisé à exercer par dérogation. Oui, *par dérogation*, c'étaient les mots utilisés. Un bien pour un mal. Le mal ? A présent c'était clair et net que les Cogan étaient recensés comme juifs, et Jean-François m'a dit qu'ils pouvaient être internés n'importe quand et qu'on avait intérêt à surveiller les abords. Au premier képi de gendarme, au premier casque de Boche qui apparaîtrait à l'horizon, il faudrait prendre la tangente. Plus facile à dire qu'à faire. Si on avait été au sommet d'une colline, ç'aurait été envisageable. Mais de la maison ? Filer où ? A l'extérieur du bourg ? Et encore, à supposer qu'ils auraient été tous réunis à ce moment-là, Emil de retour de visite et les petites revenues de l'école. Avec des gendarmes ou des Boches à leurs basques ils n'auraient pas fait cent mètres. On pouvait toujours rêver.

En parlant de rêve, je me rappelle, oui, c'était un peu comme un rêve que je vivais éveillée, quand j'écoutais la musique du piano, que je regardais les petites, si vives, ces jolies fleurs qui allaient éclore en belles jeunes filles, que je câlinais notre petit bonhomme, mon Youenn qui trottait partout et commençait à parler en français et en breton, et je redoutais que le rêve se termine et que tout ça s'évapore, me laissant seule au milieu d'un grand vide.

Depuis que je suis aveugle j'ai l'impression de mieux distinguer le passé, mais comme les images s'affichent dans ma tête, j'ai l'impression que les personnes bougent au ralenti, comme en relief dans la brume. Peut-être que je commence à délirer. Ce ne serait pas anormal, l'âge est là, comme disent les vieux pliés en quatre par l'arthrose.

Je redescendais sur terre pour m'enfoncer des épines dans le cœur. Emil, Fanny, Mathilde, Sophie et Youenn, mon petit chéri, internés ? Comment fallait-il comprendre ce mot, « internés » ? Dans une prison ? Dans un camp, derrière des barbelés, comme les républicains espagnols ? Où ? Et après ? On sait aujourd'hui quelle destination ont prise tous les Juifs qui ont été ramassés, mais tant pis si je rumine comme une vache, il faut bien que je répète qu'à l'époque on n'en avait pas la moindre idée.

Rien de notable ne s'est passé pendant l'hiver 1941-1942. Les boy-scouts de l'abbé Castric sont partis se mettre au chaud, à Huelgoat ou à l'évêché de Quimper, va-t'en savoir. Les Boches, eux, commençaient à avoir des engelures en Russie, devant Stalingrad. A Rozarbig aussi bien qu'à Ker-Tilhenn, on se frottait les mains. Si on avait été croyants on aurait prié pour que les Russes battent les Boches à plate couture.

Chez nous, les Allemands se méfiaient de toutes ces étendues de forêts et de vallées encaissées, idéales pour abriter des partisans. Ils renforçaient leurs troupes dans les monts d'Arrée. On voyait de plus en plus d'uniformes vert-de-gris traverser le bourg et se taper de longues marches à travers champs avec tout leur barda sur le dos pour que les hommes ne fassent pas trop de lard, étant donné qu'il n'y avait guère que le sport pour les occuper. Malgré cette invasion de doryphores, comme disait Jean-François, la guerre proprement dite paraissait bien éloignée, par rapport à ce qui se passait dans l'est de l'Europe où des millions d'hommes s'entre-tuaient, et par rapport aussi à ce qui se passait ailleurs en France, où des résistants sabotaient des voies ferrées, avec pour conséquences les représailles qui s'ensuivaient.

Au sein du réseau de Jean-François le mot d'ordre était de ne pas exciter les Allemands. De toute façon, Londres ne leur avait pas encore parachuté des armes. Leurs instructions étaient de rester dans l'ombre et de se tenir prêts pour le jour J. Ce jour-là, s'il arrivait, les résistants sortiraient des bois pour couper la route Quimper-Brest aux Boches, pendant que les maquisards du Morbihan leur couperaient celle de Lorient. C'était le plan général, je crois.

De la fin de cet hiver-là j'ai en tête une vision qui pouvait faire croire que le monde tournait assez rond, c'est celle de ces réfugiés de Brest qui se promenaient en tandem de Huelgoat à Plouvern, et je les ai vus plus d'une fois dépasser ou croiser des Allemands qui marchaient le long de la route à la queue leu leu, et les soldats les saluaient en rigolant. Ils étaient très élégants, le monsieur en veston cravate, casquette en tweed sur le crâne et pinces à vélo autour de ses chevilles, la dame en robe et cardigan en laine et toujours coiffée d'un chapeau cloche. Ils souriaient en pédalant, vraiment on aurait dit des gens tombés d'une autre planète, et pour un peu on aurait oublié la guerre, Vichy, les lois anti-juives et la situation d'Emil, en quelque sorte stabilisée, fiché comme Juif mais autorisé à exercer son métier, et on ne pensait plus trop au fait que c'était par dérogation.

Mi-mars 1942, une longue auto noire bien astiquée, avec des fanions à croix gammée sur les ailes, a remonté l'allée et s'est garée carrément en façade. J'ai appelé Fanny et à travers les rideaux on a observé le soldat qui était au volant ouvrir une portière à l'arrière et un officier en grande tenue est sorti de la voiture. Il a jeté un regard circulaire sur le jardin et a commencé de monter les marches du perron. Il boitait. Le soldat a allumé une cigarette, l'officier a disparu à notre vue, la cloche a tinté.

— Ils viennent vous arrêter ? j'ai dit d'une voix anxieuse.

Fanny m'a pressé la main. La sienne était glacée.

— Non, Yvonne. Une arrestation, ce serait plus brutal.

Sur le seuil, l'officier a claqué des talons, ôté sa casquette et s'est incliné. J'ai cru un instant qu'il allait baiser la main de Fanny. C'était un très bel homme, élancé, un peu trop mince et un peu trop pâlichon peut-être pour quelqu'un censé combattre. Il pouvait avoir soixante ans aussi bien que cinquante. A part des rides autour de ses yeux d'un bleu presque transparent, son visage était lisse comme s'il venait de se raser cinq minutes avant.

— Monsieur ? a dit Fanny.

Il s'est présenté en français et je dois dire que son accent boche ne m'a pas écorché les oreilles. Quand les gens sont polis, on les entend autrement.

— Oberstleutnant Wengler. Madame Cogan, je suppose ?

— Elle-même.

— Enchanté. Je voudrais voir le docteur.

Il ne s'agissait pas de lui lécher les bottes, mais tout de même, un officier allemand, compte tenu de la situation, moi j'aurais pris des gants avec lui, je l'aurais fait patienter au salon. Fanny ne s'est pas répandue en salamalecs.

— Il est en consultation. La salle d'attente est par ici, si vous voulez bien me suivre…

Et il l'a suivie, en s'effaçant devant elle dans le couloir. Il y avait trois patients avant lui dans la salle d'attente, il a sagement attendu son tour, et nous la fin des consultations, dans l'impatience de connaître le fin mot de cette visite.

L'officier allemand était venu consulter Emil parce qu'il souffrait de violents maux de ventre et que les médicaments qu'il prenait n'agissaient plus beaucoup sur sa maladie. Ce lieutenant-colonel, puisque c'était ce que ça voulait dire, Oberstleutnant, avait été blessé en Libye dans des combats contre les Anglais. Rapatrié en Europe, il avait séjourné à Jersey où il y avait un hôpital et un centre de convalescence pour officiers, à la suite de quoi il avait été muté à Huelgoat. Sa blessure à la jambe s'était arrangée, mais pas le mal qu'il avait contracté dans le désert en buvant de l'eau polluée. Il avait les intestins chamboulés et il était sans arrêt sujet à des diarrhées. Foerell, Marie-Françoise, la chiasse, comme n'importe quel homme qui a bouffé du lard bourré d'asticots. Sur le trône des cabinets, le roi se vide comme tout le monde.

— Une amibiase, a dit Emil. Les reins et le foie risquent d'être atteints. On n'en guérit pas. Il gardera ses amibes toute sa vie, à moins que la science ne découvre un nouveau traitement.

— Et que lui as-tu prescrit ? a demandé Fanny.

— Je lui ai donné des capsules d'opium. Le soulagement sera immédiat. Je lui ai précisé que nous n'en avions plus guère en réserve et lui ai conseillé d'essayer de s'en procurer.

Le plus étonnant, c'est ce que l'officier a dit à Emil en partant :

— Sachez, docteur Cogan, que je brûle les lettres anonymes et que je ne partage pas les opinions prêchées par cet abbé Castric.

Qu'est-ce qu'Emil pouvait répondre à ça ? De toute façon l'officier a tourné les talons.

Huit jours plus tard, la belle auto revenait se garer en bas du perron. Il n'y avait que le chauffeur à l'intérieur. Il venait déposer un mot de remerciement pour Emil et un bouquet de fleurs pour Fanny. Je ne sais pas où les Boches ont pu dénicher des roses en mars, mais c'étaient bel et bien douze roses blanches, qu'on a mises dans le beau vase bleu et qui ont tenu longtemps, presque deux semaines.

Quand j'ai eu raconté ça à Jean-François, il a dit :

— Oberstleutnant Wengler, c'est ça ? Bon, bon, bon, on va le rayer de nos listes. Le jour J, s'il est toujours là, on en fera un cas particulier.

Le jour J le cas particulier ne serait plus là. Mort et enterré en Allemagne, probablement. Dommage, j'aurais bien aimé lui rendre ses gentillesses, enfin, dans toute la mesure du possible.

En avance sur les hirondelles, aux Rameaux les breiz atao ont été de retour à Kastell Tuchenn. Les poils leur avaient poussé aux mollets et leurs fusils n'étaient plus en bois. De Rozarbig Jean-François les entendait s'exercer à tirer. Début avril, ils ont fait leurs Pâques en grand tralala, avec l'abbé Castric pour leur dire la messe et les vêpres, et les châtelains pour les régaler d'agneau à la broche et de bon vin du dimanche midi au lundi soir. Ceux-là avaient la belle vie, non ? Des salopiaux pareils, c'est eux qui auraient dû attraper la chiasse, à force de s'en mettre plein la lampe pendant que nous on mangeait des topinambours.

— T'inquiète pas, m'a promis Jean-François, le jour viendra où ils feront dans leur froc, dos au mur.

Il y a une chose qui me revient sur le tard et pourtant sur le coup elle m'avait frappée. Quand l'officier allemand était entré, Mathilde et Sophie avaient montré le bout de leur nez à la porte de la cuisine. Elles avaient hésité une seconde et puis, polies et bien élevées comme elles l'étaient, elles avaient claironné en chœur :

— Bonjour monsieur !

— Bonjour mesdemoiselles, il avait répondu, ravi de ce charmant accueil.

Le petit Youenn était arrivé à son tour. Il jouait avec une balle, il l'a lancée vers l'officier, qui a shooté dedans, pas trop fort, juste de quoi la faire rebondir entre les murs du couloir et atterrir en douceur entre les pieds du petit.

— T'es gentil, toi ? lui avait demandé mon petit bonhomme du haut de ses dix-huit mois.

Interloqué, il avait dit :

— Je crois que je le suis.

L'Allemand pensait sûrement à ses enfants ou petits-enfants, et Fanny et moi on contemplait nos trois amours hypnotisés par le bel uniforme.

Plus d'une fois Mamm m'a raconté qu'à l'âge de trois ou quatre ans j'étais revenue à la maison avec une vipère que je tenais par le bout de la queue et qui essayait de se redresser pour me mordre le bras. Mamm m'avait donné une tape sur le poignet, j'avais lâché la vipère et elle l'avait écrasée sous ses sabots avant qu'elle se faufile sous le buffet. Mon Youenn, en face d'un loup dégoulinant de bave lui aurait aussi bien dit :

— Coucou ! Bonjour monsieur le loup ! Tu es gentil, toi ?

Jusqu'à un certain âge les gosses ne voient le mal nulle part et c'est tant mieux pour lui si le petit Youenn n'a pas eu peur des loups qui sont venus à Ker-Tilhenn tirer sur le fil de fer de la cloche, déguisés en gendarmes. Pourtant, il aurait dû.

On était début mai, et ç'a été un peu la même scène qu'avec le lieutenant-colonel allemand. Ils ont sonné, j'ai ouvert. Ils étaient deux, comme toujours. Le gradé tenait une serviette en cuir à bout de bras. Il a demandé à voir Emil, j'ai dit qu'il était en visite et j'ai appelé Fanny.

— Bonjour messieurs. Que puis-je faire pour vous ?

— Nous avons des injonctions à remettre au docteur Cogan, a dit le gradé.

— Je suis son épouse, elle a répondu en restant de marbre, mais à l'intérieur d'elle-même elle était sûrement aussi chambardée que moi.

— Ça ira, vous signerez à sa place, a marmonné le gradé.

On sentait qu'il était pressé de repartir. En face de cette belle femme et de ses trois beaux enfants, son adjoint et lui étaient dans leurs petits souliers, et il y avait de quoi, avec le sale boulot qu'on leur donnait à faire.

10

Des choses pas très catholiques s'étaient tramées dans notre dos. Toi, Marie-Françoise, qui as rempli des tas de formulaires quand tu étais assistante sociale, tu dois estimer ça normal, la paperasse, mais pour moi la bureaucratie est un monde effrayant. Ces employés payés pour établir des fiches, les classer, les enfermer dans des armoires et les ressortir à la demande, finalement ils tiennent ta vie entre leurs mains, de la naissance à la mort.

Sous Vichy c'était pire puisque les bureaucrates ordinaires étaient au service de la police, dans le but d'éliminer la mauvaise graine, enfin, la mauvaise graine de leur point de vue. Et ne parlons pas des Boches, alors là avec eux c'était le pompon. Comme on l'apprendrait après la Libération, ils tenaient la comptabilité des gens qu'ils envoyaient au four crématoire, nom, prénom, date et lieu de naissance, adresse, c'est à croire qu'ils voulaient qu'on retrouve la trace de leurs forfaits, ou qu'ils n'avaient pas imaginé une seconde qu'ils pourraient perdre la guerre et qu'on fouillerait dans leurs archives et qu'on s'en servirait contre eux pour leur passer la corde au cou. Il devait leur manquer un grain, à ces hommes de race supérieure. Ils étaient obsédés par les chiffres, dans les camps de la mort leur plaisir était de faire les totaux à la fin de la journée et d'arroser d'un bon coup de schnaps le résultat de la semaine, encore cent mille Juifs de gazés et réduits en cendres, bravo, mais peut mieux faire, comme on te disait à l'école. Les Juifs n'étaient que des unités, ils valaient moins que les bâtonnets qu'on te donnait pour apprendre à compter jusqu'à dix. Les Boches, eux, ils ont réussi à compter jusqu'à six et heureusement que les Russes et les Américains ont mis le holà à temps sinon ils auraient doublé la mise. On parle en millions, Marie-Françoise, et ça te donne le vertige, tant d'acharnement à assassiner des gens qui ne leur avaient rien fait et qui n'avaient pour seul tort que d'être nés avec une étoile de David sur leur pedigree.

Sur le perron, à Ker-Tilhenn, les gendarmes balançaient d'un pied sur l'autre. Ils avaient deux papiers à remettre, un bon et un mauvais. Le mauvais, c'était qu'Emil n'avait plus le droit d'exercer. Fanny et moi on a failli s'évanouir. C'était le premier pas vers une destination inconnue.

— Mon Dieu, comment est-ce possible, ici, en Bretagne, dans les monts d'Arrée, au cœur du Finistère ? a murmuré Fanny.

— Attendez, ce n'est pas tout, a dit le gradé.

— Il n'y aura donc plus de médecin à Plouvern ?

— Ça, je l'ignore, probablement que non.

— Comment pourrait-on priver la population des soins d'un médecin ? a dit Fanny, plus sur le ton de la réflexion que d'une question posée aux gendarmes.

— C'est le curé qui a fait le nécessaire ? j'ai lancé.

Pas la peine de chercher midi à quatorze heures, excité comme il l'était après les Juifs, l'abbé Castric avait obtenu la peau d'Emil et il se foutait bien que Plouvern n'ait plus de docteur, du moment que lui, il s'occupait du salut des âmes, en brandissant sa croix avec au bout le Gwenn ha Du des breiz atao.

— Toi, Yvonne, reste en dehors de ça, m'a engueulée le gradé.

— Tiens, vous me connaissez donc ?

— Je sais que tu es la sœur de Jean-François.

— Et alors ?

— Alors rien, n'insiste pas, il a coupé, puis il s'est adressé à Fanny. Quoi qu'il en soit, madame Cogan, concernant votre mari…

Comme il avait l'air assez content de tendre son deuxième papier, on pouvait penser qu'il était moins catastrophique que le premier. Effectivement. L'ange gardien des Cogan à la sous-préfecture de Châteaulin avait dû battre des ailes, se faufiler de nuit dans les dossiers, éplucher les lois à la loupe et dénicher une combine.

Le deuxième formulaire, couvert de cachets et de signatures, c'était une deuxième dérogation. Je devrais dire une seconde parce qu'il n'y en aurait pas de troisième. Si on ne fait pas appel à cette idée de protecteur d'Emil agissant dans l'ombre à la sous-préfecture, c'était totalement absurde que d'un côté on lui interdise d'exercer à Plouvern, et que de l'autre on lui ordonne d'aller à Morlaix remplacer un docteur âgé qui avait eu un accident de santé. Il paraît que cette année-là c'était encore permis par les lois de Vichy, qu'un Juif remplace un médecin là où on en manquait. Soit, il en manquait un à Morlaix, et on expédiait donc Emil prendre sa place. Mat tre ? Pas du tout, puisque Plouvern n'aurait plus de docteur. Mais je reviens à ce que je disais à l'instant : tu conviendras avec moi, Marie-Françoise, que ça n'a de sens que si on admet que l'ange gardien des Cogan avait réussi à contrebalancer les magouilles de l'abbé Castric pour éjecter Emil de sa paroisse et les envoyer tous dans un camp.

— Vous avez quinze jours pour faire vos bagages, a dit le gradé.

— Seulement deux semaines ? a soufflé Fanny.

— C'est écrit, madame…

Les gendarmes ont salué d'un doigt au képi et redescendu les marches, mais le gradé est remonté pour dire tout bas :

— Votre mari est un excellent médecin et un brave homme. Vous avez des amis, madame Cogan. Ils veillent sur vous, quelles que soient les circonstances…

Qu'est-ce que ça signifiait ? Qu'il était de notre bord ?

A Ker-Tilhenn, le début de soirée a ressemblé à une veillée funèbre. On ne voyait pas comment Emil aurait pu refuser. S'il avait rechigné, ils auraient sûrement été ramassés aussi sec tous les cinq. Il lisait et relisait les deux formulaires comme s'il voulait les apprendre par cœur. Il a remis sur le tapis son sentiment de culpabilité, a ressassé et ressassé que c'était de sa faute, qu'ils auraient dû franchir la ligne de démarcation et filer à Lisbonne essayer d'embarquer sur un bateau. Comme les autres fois, Fanny l'a réconforté, et entre ces deux-là, si ce n'était pas de l'amour éternel, je ne m'appelle plus Yvonne Trédudon. Un amour aussi fort, c'est du soleil toute l'année, même quand il pleut des cordes. Haut les cœurs ! ont chanté des voix dans le ciel, et la lumière est revenue dans le salon.

Je ne veux pas dire que le courant avait été coupé, je parle de la lumière de l'optimisme. Quand les choses tournent de moins en moins rond, il faut te dire qu'il y a pire sort que le tien. Abandonner Ker-Tilhenn serait bien triste, déménager serait bien du tracas, mais on pouvait espérer qu'à Morlaix les Cogan passeraient inaperçus. Les sous continueraient à rentrer, la vie ne serait pas trop différente, au moins le temps que ça durerait, parce que ce remplacement était provisoire. Le papier ne précisait pas pendant combien de temps Emil aurait à l'effectuer.

Lorsqu'il avait été question de fuir en zone libre, Tad et Jean-François avaient été d'accord que je parte aussi. Alors, à cinquante kilomètres de Rozarbig, tu penses bien que je n'avais aucune raison de rester à la traîne. Comment j'aurais pu dire adieu aux filles et à mon petit bonhomme ?

— A Morlaix, j'ai dit, au cas où on se poserait des questions à votre sujet, je pourrais me faire passer pour la sœur de Fanny. Je serais la tante des enfants. On aurait l'air d'une bonne famille de Bretons.

— C'est une idée à creuser, a dit Fanny.

— Non, a dit Emil, on risquerait de s'y empêtrer.

Le lendemain, ils se sont rendus en voiture à Morlaix voir le cabinet. C'était juste deux pièces, la salle d'attente et la salle de consultation. Pas de logement, donc, si bien qu'ils ont occupé le reste de la journée à en chercher un, ce qui n'a pas été facile, à cause des réfugiés de Brest, nombreux aussi à Morlaix. Ils ont fini par trouver un trois-pièces cuisine au dernier étage d'un vieil immeuble.

— Si tu souhaites une chambre indépendante, nous nous priverons de salon, a dit Fanny.

— Ça ne me dérangera pas de dormir avec les enfants, au contraire, j'ai répondu.

— Nous aviserons sur place.

Après, les jours ont filé à toute allure. Fanny a eu du dur avec le tri de leurs affaires. Qu'est-ce qu'il fallait emporter ? Le strict nécessaire : les sommiers, les matelas et la literie, les ustensiles de cuisine, les vêtements, les poupées des filles, les jouets de Youenn, quelques livres. Qu'est-ce qu'il fallait laisser ? Le piano, en premier lieu. A qui le confier ? Le vendre ? Ce serait un crève-cœur. Je te rappelle que la maison appartenait à la veuve du docteur Quilliou, à qui Emil avait succédé.

Fanny a invité Bénédicte Quilliou à prendre le quatre-heures pour l'informer de la résiliation du bail. Ça n'a pas été une surprise pour elle. Tu penses bien, avec les patients à qui Emil annonçait son départ au fur et à mesure qu'il les voyait, le téléphone arabe avait fonctionné. Au bout de huit jours toute la commune était au courant et je dois avouer que je n'ai pas rencontré un seul habitant qui se soit réjoui qu'on chasse Emil de Plouvern. Tu me diras, Marie-Françoise, ceux qui étaient susceptibles de s'en féliciter n'allaient pas le crier sur tous les toits. Ils se savaient en minorité et préféraient rester comme des cloportes cachés sous l'évier, ou comme les breiz atao planqués à Kastell Tuchenn pour professer leurs opinions entre eux et préparer leurs mauvais coups.

Fanny a demandé à Bénédicte Quilliou la permission de laisser dans la remise ce qu'ils ne pourraient pas emporter à Morlaix.

— Dans la remise ? Elle est bien trop humide. Je n'ai pas l'intention de relouer la maison, et d'ailleurs à qui la louerais-je, à Plouvern, une propriété comme celle-la ? Laissez ce que vous voulez, rien ne bougera jusqu'à votre retour.

— Et si nous ne revenions pas ?

— Le IIIe Reich ne durera pas mille ans. Et ne vous inquiétez pas pour votre piano, vos meubles et votre bibliothèque, je viendrai aérer la maison.

Aérer et s'occuper de ses locataires intermittents, Marie-Françoise, parce que seuls Jean-François et son groupe étaient au courant, et moi je ne l'ai su qu'à la fin de la guerre, dans la cave de Ker-Tilhenn ont été hébergés des aviateurs alliés, le temps que la Résistance organise leur passage en Angleterre sur un sous-marin. A la Libération, Bénédicte n'a pas réclamé de médaille, pas comme certains maquisards de la vingt-cinquième heure ou des ordures comme ce Gontran de Ploumagar décoré de la Légion d'honneur le jour de l'inauguration de la plaque sur Ker-Tilhenn. Ne crois pas que je l'ai oublié, on va le rattraper par le colback, il ne perd rien pour attendre.

Les paroles de Bénédicte Quilliou avaient réchauffé le cœur des Cogan. Comme ils étaient sûrs de rentrer dans leurs meubles le moment venu, du coup ce n'était plus tout à fait un déménagement, plutôt un déplacement passager, quelques mois à passer ailleurs, dans l'espérance du retour à Ker-Tilhenn.

Un petit camion a suffi à transporter les affaires. Tassés dans la voiture, on le suivait. Le temps était magnifique. Du sommet du mont Saint-Michel à la tourbière de Brennilis les bruyères coloraient de mauve la montagne. Le lac brillait comme un plat en argent sur lequel des nuages blancs passaient leurs chiffons en laine, sans laisser de traces. Le Yeun Elez était parsemé de bouquets de saules d'un vert tendre, c'était beau, ça nous a rappelé l'époque des joyeux pique-niques, que n'avait pas connue le petit Youenn. Assis sur mes genoux, il dormait, bercé par le ronronnement du moteur. Devant nous, le camion a peiné un peu dans la montée du Roc'h Trévezel et après il a roulé bon train dans la longue descente vers Plounéour-Ménez, Pleyber-Christ et Morlaix.

Ce jour-là, on n'a pas vu grand-chose de la ville, une esplanade, un bout du port, et puis le camion a tourné tout de suite à droite pour monter au ralenti une rue en pente entre des vieux immeubles datant de Mathusalem, mais pleins de charme, ma foi, avec leurs pans de bois. Emil et les deux transporteurs ont monté les choses lourdes et encombrantes comme les sommiers et les matelas, et nous autres, les femmes et les filles, les paquets et les sacs. L'escalier était étroit, les marches craquaient. Entre le deuxième et le troisième étage il y avait les toilettes, à la turque comme on dit, pas très propres et à récurer, mais c'était toujours ça, ça valait mieux que d'avoir des seaux hygiéniques à descendre et à vider je ne sais où. L'appartement, mansardé, n'était pas très lumineux et j'ai eu l'impression de me retrouver claustrée. Heureusement, dans la cuisine qui ferait aussi office de salle à manger et de salon il y avait une porte-fenêtre qui s'ouvrait sur un balcon, oh pas de quoi danser le jabadao, juste assez pour que trois personnes s'accoudent à la rambarde. Emil, Fanny et moi, on prolongerait la majorité de nos soirées d'été et d'automne sur ce balcon, à contempler les toits de la ville en éprouvant un sentiment de liberté.

On a distribué les trois pièces en chambres, en se passant de salon, par conséquent. Le petit Youenn, à qui Fanny demandait s'il voulait dormir avec ses sœurs ou avec moi, a répondu sans hésiter : « Gant moereb[1] Yvonne ! » Ce gosse-là, déjà attaché à moi, le serait encore plus quand Fanny commencerait à travailler avec Emil et que je m'occuperais de lui le plus clair de la journée.

Au sous-sol, l'appartement disposait d'un morceau de cave. Emil y a trouvé des cageots, quelques bûchettes et un demi-seau de boulets. On a allumé un feu dans le fourneau histoire de se rendre compte s'il tirait, et il tirait bien, et tant mieux, parce que c'était le seul chauffage, et là, au mois de mai, il chauffait tellement qu'il a fallu ouvrir toutes les fenêtres pendant qu'on vidait les valises et les sacs et qu'on rangeait une partie des affaires et qu'on faisait les lits. Fanny a décidé qu'on en avait fait assez comme ça, que demain il ferait jour et qu'il valait mieux se mettre à cuisiner le dîner avec ce qu'on avait apporté, une omelette au lard en plat de résistance et en dessert de la bouillie de froment améliorée de compote de pommes dont on

1. Avec tante Yvonne.

faisait des bocaux, à Ker-Tilhenn. Emil a ouvert une bonne bouteille de vin, une façon de pendre la crémaillère. Mathilde et Sophie ont eu droit de colorer leur eau du robinet et le petit Youenn, qui voulait goûter aussi, a trempé ses lèvres dans mon verre.

Voilà le souvenir que j'ai de cet appartement. Evidemment, ce n'était pas Ker-Tilhenn, mais on n'était quand même pas entassés les uns sur les autres, avec trois chambres. Je n'ai jamais fait de camping mais cette période me fait maintenant penser à ces familles qui louent des mobile homes au bord de la mer, à l'étroit là-dedans, des fois avec le grand-père et la grand-mère en supplément, mais contents d'eux parce que ça change du reste de l'année. Les affaires n'ont pas leur place définitive, certaines restent dans les valises, on est moins regardant sur le ménage, la lessive et le repassage, c'est les vacances. Oui, il y avait de ça, autant que je puisse en juger. Tu négliges les petits tracas pour oublier les menaces suspendues au-dessus de ta tête.

Plutôt que d'utiliser sa plaque en cuivre qu'il avait dévissée en partant de Ker-Tilhenn, Emil en avait commandé une autre, moins chère, en une sorte de matière plastique de cette époque-là, sur laquelle son prénom avait été gravé avec un « e ». L'idée de garder les filles à la maison allait dans le même sens, dissimuler leurs origines. Donc, dès le lendemain, un des soucis a été de décider si oui ou non les petites devaient aller à l'école. Est-ce qu'elles allaient se fondre dans la masse comme des étourneaux parmi des centaines d'étourneaux ? Autrement dit, est-ce qu'elles ne risquaient pas de paraître différentes des autres élèves ? Ce n'était peut-être pas la peine de courir au-devant d'un danger. Mais si on y réfléchissait bien, dans le voisinage ça semblerait louche que des gamines de douze et dix ans n'aillent pas à l'école. Comme à Morlaix il y avait autant, sinon plus, d'écoles libres que d'écoles laïques, j'ai dit :

— Et pourquoi pas chez les bonnes sœurs ? Là elles seraient à l'abri.

Emil et Fanny ont applaudi, en partie pour me faire plaisir, car je suis persuadée qu'ils étaient en train d'y penser aussi. Sophie a d'abord rechigné, mais Mathilde lui a chuchoté quelque chose et elles ont haussé les épaules.

Ces filles-là avaient oublié d'être bêtes, elles avaient des oreilles, elles n'étaient pas sans avoir leur idée sur la situation, sans doute pas tout, mais l'essentiel en tout cas.

Fanny leur a fait la leçon et j'aime autant te dire qu'elles l'ont bien retenue : si on leur posait des questions, répondre qu'elles étaient nées à Paris, qu'en 1936 leur père s'était installé comme médecin à Brest, dans le quartier du Landais, au-dessus de l'arsenal, et qu'ils avaient été obligés de se réfugier ailleurs quand les bombardements avaient commencé. Landivisiau d'abord, quelque part dans la campagne, une ferme avec un nom breton imprononçable, elles n'auraient qu'à dire qu'elles ne se rappelaient plus où, et maintenant Morlaix. Et dans quelle école elles allaient, à Brest ? Aucune. Ce serait trop facile de vérifier qu'elles n'y étaient jamais allées. Par conséquent, elles diraient qu'elles avaient eu un précepteur.

Les religieuses de Notre-Dame-de-l'Espérance ont été enchantées d'inscrire deux filles de médecin. Les bonnes sœurs et les curés ont une prédilection pour les gens cheuc'h. Comme disaient Tad et Jean-François, c'est les 4 C : curaille et capital, cul et chemise. Remarque, je n'ai pas à critiquer ces bonnes sœurs de Notre-Dame, bien au contraire. Elles n'ont posé aucune question à Fanny le jour de l'inscription, ni même les jours suivants, à Mathilde et Sophie, quand elles auraient pu les interroger à part.

Le jour de leur inscription, les bonnes sœurs les ont fait lire et écrire et elles se sont aperçues tout de suite qu'elles tenaient deux bons éléments qui feraient honneur à l'école. Les petites ont été flattées qu'on les complimente et déclaré qu'elles seraient heureuses d'avoir des camarades de classe. De toute façon, elles avaient la perspective des grandes vacances qui n'étaient plus bien loin, et qui sont arrivées très vite.

Comment Emil et Fanny auraient fait pour s'occuper des enfants si je n'avais pas été là ? Ils travaillaient dur tous les deux. Les patients ne manquaient ni à l'un ni à l'autre. La salle d'attente d'Emil était toujours pleine et Fanny assurait le suivi de certains malades. Elle se rendait à domicile prendre la tension, changer les pansements, réconforter, apprendre à la famille comment soulager les escarres des personnes âgées alitées. Sans vouloir me vanter, je peux dire que j'ai été indispensable. Ah je ne restais pas les deux pieds dans le même sabot. Ménage, cuisine, lessive, devoirs de vacances à faire répéter aux filles, mes journées étaient tracées comme des sillons dans un champ qu'on n'a jamais fini de labourer. L'après-midi, je sortais avec les enfants. On se promenait sur les deux rives de la rivière, dans les vieilles rues, sous le viaduc, du moins tant qu'il n'a pas été bombardé. Après, on s'en tenait à l'écart. Les aviateurs anglais l'ont toujours raté. De là-haut, ce viaduc ne devait pas être plus épais qu'un fil à linge. Dans le jardin public, on jouait au ballon, à touche-touche, à colin-maillard.

J'avais vingt ans, les hommes me tournaient autour, et de ce point de vue les enfants me protégeaient des bonshommes trop empressés. Devant la Manufacture des tabacs il y avait un planton allemand, un blond aux yeux bleus, bien mignon ma foi, plus jeune que moi peut-être. Il me souriait, je lui souriais. Un beau jour il a fait un pas vers moi et m'a dit, l'air malheureux, comme si ça lui faisait de la peine, une phrase que j'ai répétée à Fanny et qu'elle a traduite et c'était *Ich liebe dich*, je t'aime. J'ai rougi et Fanny m'a dit Yvonne prends garde à toi, change de trottoir, sinon l'amour te prendra. Je confesse que la déclaration d'amour du soldat allemand m'a émoustillée, mais pas plus. Avec tous les romans que j'avais lus à Ker-Tilhenn j'aurais dû rêver de tendres baisers, hé ben non, pour moi l'amour, le vrai, c'était comme des sous que tu gardes dans ton armoire en attendant d'avoir une bonne raison de les sortir de dessous ton trousseau. Je gardais mes sentiments en réserve pour les dépenser plus tard, et ce plus tard demeurait dans le brouillard de l'après-guerre. Une seule chose comptait pour moi, m'occuper des enfants pour pouvoir un jour les ramener sains et saufs à Ker-Tilhenn.

L'été a passé, ç'a été la rentrée, les filles allaient toutes seules à l'école le matin, et l'après-midi j'allais les chercher en tenant mon petit Youenn par la main. Les bonnes sœurs étaient gentilles avec moi, j'en connaissais plusieurs par leur nom. Vers fin septembre, à la sortie de la classe, sœur Maurice, l'institutrice de Mathilde et Sophie, m'a dit que la mère supérieure voulait me parler. Elle m'a indiqué le chemin à prendre pour aller jusqu'à son bureau et pendant ce temps-là elle garderait les enfants dans la salle d'étude.

La mère supérieure était moins plaisante que les jeunes maîtresses, pour la plupart très gracieuses sous leur cornette. Dame, on voyait bien qu'elle avait la poigne nécessaire pour diriger l'école, maintenir la discipline et donner des punitions à tour de bras. Je me suis assise du bout des fesses sur la chaise qu'elle m'a désignée d'un geste. Je pense que même Jean-François n'aurait pas osé débiner la curaille sous son regard affûté. Je me demandais bien ce qu'il en était pour qu'elle me convoque, moi, et non pas les parents. Elle a joint les mains comme pour prier, a tapoté le bout de ses doigts, et en me regardant yeux dans les yeux elle m'a sorti cette phrase qui semblait ne rien vouloir dire mais qui voulait tout dire :

— Les petites sont bien brunes, n'est-ce pas, Yvonne ?

— Euh, oui, elles ont de beaux cheveux.

— Et leurs yeux ? Ces yeux dorés, si étranges, ils ne sont pas communs, n'est-ce pas ?

— Ah ça non ! Ils sont magnifiques.

— Il faudrait qu'elles soient baptisées.

— Mais ils ne sont pas croyants, dans la famille.
— J'imagine parfaitement qu'ils ne croient pas en Jésus-Christ. Mais en un Dieu qui n'est pas le nôtre ?
— Oh non, pas du tout.
— Alors, raison de plus pour que les filles et leur petit frère soient de bons catholiques. Ce serait plus prudent. Tu m'as comprise ?
— Vous aurez un curé pour le faire ?
— Oui. L'aumônier des Ecoles chrétiennes. Parles-en au docteur Cogan et à sa femme et tiens-moi au courant.
— Ils sont en danger ?
— Comme beaucoup d'étrangers au pays.
Dans la salle d'étude, sous la surveillance de sœur Maurice, les filles jouaient au carré chinois et le petit Youenn avec des cubes. Quand j'ai repris sa menotte, ma main tremblait. Sur le trottoir, Mathilde m'a demandé :
— Pourquoi elle voulait te voir, la mère supérieure ?
— Pour me dire qu'elle était satisfaite de votre travail.
— Peuh ! Forcément, on est premières en tout.
— La vantardise est un vilain défaut.
— Ce n'est pas de la vantardise, c'est la vérité.
— Toutes les vérités ne sont pas bonnes à dire.
— On aura la croix d'honneur, a dit Sophie.
— Et des médailles en chocolat.
— Ce que tu peux être bête, des fois, a dit Mathilde.
Le soir après dîner, quand j'ai eu fait part de ma conversation avec la mère supérieure, ça a jeté un froid dans l'appartement.
— Allons bon, a dit Emil d'un ton funèbre.

« Allons bon » : tout était contenu dans ces deux mots : si les bonnes sœurs avaient repéré les petites d'après leur mine, d'autres avaient pu le faire aussi.

— Eh bien, que cet aumônier baptise les enfants, a dit Fanny.

— Ainsi soit-il, a dit Emil, et je ne crois pas qu'il se moquait de la religion.

Le problème a été de trouver trois parrains et trois marraines, enfin deux marraines, parce que c'était évident que je serais celle du petit Youenn. La mère supérieure a évacué la question : qu'on ne s'inquiète pas, elle avait en réserve des noms à mettre sur les certificats de baptême, des noms de gens de Morlaix, bien sous tous rapports, et qui étaient d'accord.

Etre païen n'empêche pas d'avoir des égards envers les pratiquants. Les filles étaient en robe blanche avec un paletot bleu sur le dos, les couleurs de la Vierge, et avec le camélia rouge dans leurs cheveux elles étaient aux couleurs du drapeau français, on s'en est aperçus après coup. Le petit Youenn portait un costume, culottes courtes et veston gris, et un nœud papillon au col de sa chemise. Les bonnes sœurs étaient ravies. A part elles, et nous, et l'aumônier, un vieux monsieur chauve avec une belle couronne de cheveux blancs, tu penses bien qu'il n'y avait personne d'autre.

Malgré moi j'ai été impressionnée par les bougies et les cierges qui éclairaient la chapelle, les religieuses en cercle, l'aube de l'aumônier, l'écho de sa voix répercuté par les murs, et l'écho de ma propre voix qui a résonné bizarrement quand j'ai prononcé les paroles de renonciation à Satan, et je me suis dit si seulement cette cérémonie avait une valeur quelconque, oh si seulement ces ordures de vichystes arrêtaient de voir le diable dans les cheveux et les yeux de mon petit ange et de ses grandes sœurs, je serais prête à croire en Dieu. Et il a bien fallu que j'affirme, moi la marraine, que je croyais en Lui, au moment de la profession de foi, et je n'ai pas eu le sentiment de mentir. Le rituel a été suivi de bout en bout, l'eau versée sur le front, l'onction avec le saint chrême, et la remise d'un cierge allumé aux baptisés, les prières, un alléluia chanté par les religieuses, la bénédiction de l'assemblée. J'ai signé le registre, les autres parrains et marraines l'avaient déjà signé. Les religieuses ont embrassé les enfants et la mère supérieure a lancé gaiement :

— Prochaine étape, mesdemoiselles, communion privée pour toutes les deux, et communion solennelle pour Mathilde, au mois de mai !

Le lendemain, elle m'a remis les certificats de baptême et un faux vrai livret de famille catholique. Ça faisait penser à une organisation secrète, et sûr et certain que les filles et le petit Youenn n'étaient pas les premiers enfants juifs à avoir été baptisés dans la chapelle de l'école, le soir, en comité restreint.

— Nous voilà sous la protection du Seigneur, a plaisanté Emil.

— Du moins sous l'égide de ses épouses de Notre-Dame-de-l'Espérance, a dit Fanny.

Mai 1942-avril 1943 : que te raconter de plus au sujet de ces onze mois passés à Morlaix ?

Je peux te parler de ma correspondance avec Mamm. En mélangeant le breton et le français, elle m'expédiait de temps en temps de jolies lettres, oh pas des confidences, de simples généralités, parce que avec les activités de Jean-François il ne s'agissait pas d'ouvrir trop grand son clapet. Moi je leur envoyais des cartes postales, avec juste quelques mots, pareil, mat eo an traoù, pokoù d'an holl[1]. Longtemps l'idée m'a turlupinée que j'avais eu tort, parce que le courrier pouvait être surveillé et poster des cartes postales représentant la ville de Morlaix, expédiées sans enveloppe, c'était indiquer à tous les postiers, et aux espions de Vichy qui fouinaient peut-être dans les centres de tri, l'endroit où on vivait, ainsi que celui d'où je venais.

Je peux te parler de l'automne et des feuilles mortes balayées par le vent de l'hiver, le feu dans la cuisinière, le linge mis à sécher devant sur des chaises, les parties de petits chevaux avec mon Youenn, des plats bien nourrissants dans nos assiettes, malgré le rationnement. Par l'intermédiaire d'un représentant de commerce, Mamm nous faisait porter des victuailles, de la charcuterie, des œufs, des crêpes, un poulet, une poule réformée à cuisiner en pot-au-feu, avec le bénéfice du bouillon à garder pour le potage aux vermicelles.

Je peux te parler du printemps et du plaisir de s'habiller plus légèrement, de recommencer les promenades dans la ville avec mon filleul. Le jeudi les filles venaient avec nous et le dimanche c'était tous ensemble qu'on allait le long de la rivière, et une fois le temps, si Emil estimait qu'il pouvait brûler de l'essence,

---

1. Tout va bien, bises à tous.

plus loin, jusqu'à Saint-Pol-de-Léon et l'île de Batz, et Plouezoc'h et le grand cairn de Barnenez – quel monument ! quand tu penses que c'est les Gaulois qui l'ont construit pierre par pierre, de leurs mains. Ah aujourd'hui c'est plus facile, avec les pelleteuses et les bulldozers.

Je peux te parler des bonnes nouvelles entendues à la radio de Londres qui révélaient que les Boches étaient bousculés par les Russes et les Alliés, contrairement à ce que prétendait *La Dépêche de Brest et de l'Ouest*, un journal imprimé près du port, presque en face de la Manufacture des tabacs. On l'avait tout frais paru et le premier qui l'ouvrait le refermait avec les doigts tachés d'encre et la cervelle farcie d'une propagande qu'il n'y avait que les collabos pour gober. Mécontents du directeur en place au début de l'Occupation, un nommé Le Gorgeu, futur grand résistant et futur préfet de De Gaulle, les Allemands avaient mis à la tête du journal un copain de l'abbé Castric, et à la Libération il a été condamné aux travaux forcés à perpétuité, mais par contumace, parce qu'il avait déjà ripé ses galoches en Irlande. Avec un penn vras[1] breiz atao pur porc comme celui-là à diriger le journal, tu n'avais pas à te fatiguer à essayer de lire entre les lignes. Par exemple, en juillet 42, à Paris, il y a eu une énorme rafle de Juifs, des familles entières ramassées, et par qui ? Par les Allemands ? Non, par la police française, et le journal félicitait les agents d'avoir fait leur devoir sans faiblesse. Pour nous, tu penses bien, cette rafle a été un sujet à se ronger les ongles, on a eu peur qu'elle

1. Littéralement : grosse tête.

s'étende partout, mais à Morlaix rien de particulier ne s'est passé.

Dans les articles sur les opérations de guerre, les Boches étaient les héros et les Alliés les ennemis à vaincre. Von Paulus capitule à Stalingrad, les Russes font trois cent mille prisonniers ? *La Dépêche* tire un trait là-dessus et proclame après le maréchal Goering que la victoire de l'Allemagne finira par arriver. Les Alliés débarquent en Afrique du Nord, *La Dépêche* jure avec Pétain : « Nous nous défendrons ! » Et c'était tous les jours comme ça du haut en bas de la première page. Le journal avait une prédilection pour les sous-marins allemands. Il se félicitait de leurs torpillages. Tant et tant de bateaux coulés dans l'Atlantique, à croire qu'il tenait la comptabilité, sans jamais parler des marins noyés. Quand fin janvier 43, les Anglais et les Américains ont bombardé Morlaix et qu'une bombe, par malheur, est tombée sur une école maternelle et a tué quarante-deux enfants, le journal n'a pas manqué d'en faire un gros titre. Qu'est-ce qu'on a tremblé pour les petites, après, à se demander s'il fallait continuer à les envoyer à Notre-Dame.

Je me souviens avoir pensé, en lisant l'annonce de la création officielle de la Milice, que les boy-scouts de Kastell Tuchenn allaient maintenant arrêter de jouer à la petite guerre et se mettre au service de la Gestapo.

Vers fin 1942, un article paru en première page de *La Dépêche* nous avait sauté aux yeux parce que son titre posait une question qui concernait Emil : « Y a-t-il trop de médecins ? » Il n'était pas fait allusion aux Juifs, encore heureux, et on a recommencé à respirer normalement. L'article traitait de mesures prises pour limiter le nombre d'étudiants en médecine. L'idée était que moins il y a de médecins, mieux ils gagnent leur vie, et de là à en déduire qu'Emil pouvait tondre la laine sur le dos des autres, il n'y avait pas loin. La dérogation pouvait être remise en cause. On a encore vécu des jours et des jours à se faire du mauvais sang, mais le couperet n'est pas tombé et le quotidien a repris le dessus.

A Morlaix, excepté le fait que les bonnes sœurs avaient repéré que les filles n'étaient pas des Bretonnes bien de chez nous, jamais les Cogan n'ont été mis en face de leurs origines. La famille n'a eu à se plaindre d'aucun mot de travers. Il n'y avait que la voisine du dessous qui se plaignait que les enfants fassent du bruit, ce qui nous obligeait à marcher sur nos chaussons dans l'appartement et à remuer les casseroles avec précaution. La vieille carne, en plus, nous volait le papier toilette qu'on mettait dans les vécés entre les deux étages. A part ça, rien, pas le moindre signe qui aurait pu nous mettre sur le qui-vive.

Alors, quand au mois d'avril 1943, vers sept heures et demie du matin, on a cogné à la porte de l'appartement et que je suis allée ouvrir en chemise de nuit, mon cœur a eu des ratés et mes jambes se sont dérobées sous moi. Mallozh doue[1] ! Un gendarme ! Il était en civil mais je l'ai reconnu tout de suite, c'était le gradé qui était venu à Ker-Tilhenn apporter l'ordre de quitter Plouvern pour Morlaix. Fanny et Emil ont accouru. Tu penses bien qu'on s'est rappelé la rafle de juillet 42

1. Malédiction !

à Paris et on s'est dit ça y est, la peste brune a fait tache d'huile.

Le gendarme s'est penché par-dessus la rambarde et a regardé dans la cage d'escalier en tendant l'oreille pour écouter les bruits de l'immeuble, puis il nous a poussés à l'intérieur, a refermé derrière lui et s'est adossé à la porte comme pour nous interdire de sortir et d'une voix un peu essoufflée il a dit de but en blanc :

— Je vous demande de me suivre. Il faut partir.

11

Il parlait sur le ton d'un gendarme, plutôt grognon, mais on voyait bien qu'il n'était pas tranquille.

— Partir ? a dit Emil.

— Sans traîner.

— Vous voulez dire comme ça, tout de suite ? s'est écriée Fanny.

— Le temps presse, madame Cogan. La police va venir vous arrêter. Aujourd'hui probablement. Au plus tard demain.

Fanny triturait ses mains en chuchotant ce n'est pas possible, ce n'est pas possible.

— Pourquoi devrions-nous vous faire confiance ? a demandé Emil.

Le gendarme a tiré un bout de papier de sa poche et me l'a donné à lire. C'était un mot que Jean-François avait dicté à Mamm. Son écriture enfantine était reconnaissable entre toutes : « Ne discutez pas, faites ce que vous dit le porteur de ce message. »

— Un mot écrit par ma mère, j'ai dit.

Emil l'a lu, a hoché la tête.

— Eh bien, dans ce cas… De nuit, ça n'aurait pas été préférable ?

— Les hommes qui vont s'occuper de vous n'ont pas de laissez-passer pour circuler après le couvre-feu.

— Nous avons le temps de réunir quelques affaires ? a demandé Fanny.

— Le strict nécessaire. Des vêtements de rechange, rien de plus. Pas de valises, que votre départ ne ressemble pas à une fuite. Des sacs, des baluchons, aussi discrets que possible.

Ça n'a pas été vraiment le branle-bas de combat, parce que la keben[1] du dessous aurait trouvé bizarre qu'on fasse du remue-ménage à une heure matinale. J'ai réveillé et habillé le petit Youenn et je l'ai rassuré en lui disant qu'on allait tous se promener. Fanny s'est occupée de Mathilde et de Sophie. Elle n'a pas eu besoin de les supplier de ne pas poser de questions. Ces filles-là, il y avait un tas de choses qui leur trottaient dans la tête depuis leur baptême, elles ont compris que l'heure était grave.

La bouilloire que j'avais mise sur le gaz a sifflé, alors, tant qu'à faire, j'ai passé le café et j'ai rempli les tasses et on en buvait une gorgée quand on traversait la cuisine. Les enfants ont grignoté une tartine de pain. Le gendarme n'arrêtait pas de regarder sa montre. Une demi-heure plus tard on avait réuni un minimum d'habits dans des cabas, un panier en osier et un filet à provisions. Regroupés devant le gendarme, on devait avoir l'air d'une troupe de romanichels débraillés prêts à être conduits en prison.

---

1. Mégère, femme de mauvais caractère.

— Ecoutez-moi bien, il a dit. Ce serait imprudent de filer tous en même temps…

Il descendrait en premier, seul. Emil le suivrait une minute après avec sa sacoche de médecin et le panier en osier. On pourrait croire qu'il allait porter le linge chez la repasseuse tout en se rendant à son cabinet. Ensuite, cinq minutes plus tard, ce serait au tour de Fanny et des filles. Enfin, cinq minutes plus tard encore, je sortirais avec le petit Youenn. Au bas de la rue, à l'angle du théâtre, on verrait un camion bâché, avec un homme au volant et un deuxième penché sur le moteur.

Le gendarme a tapoté la tête des filles et du petit Youenn et leur a dit bon voyage les enfants, et il nous a serré la main.

— Où nous emmène-t-on ? a demandé Emil.

— A l'abri, docteur. Bonne route. La vôtre et la mienne se recroiseront peut-être un jour.

Emil, lui, a dû penser qu'il ne nous reverrait peut-être jamais. En partant il nous a serrés sur son cœur. Sa barbe piquait, moi c'étaient les yeux. J'étais au bord des larmes.

Fanny, les filles et moi on est restées à écouter le tic-tac de la pendule, et une fois que les cinq minutes ont été écoulées, on s'est embrassées. Le petit Youenn a pignousé, Fanny lui a dit mais on va t'attendre dehors, et puis il faut que tu aides Yvonne à débarrasser la table. Elles sont descendues sur la pointe des pieds, j'étais toute seule avec mon filleul dans l'appartement. Cinq minutes, c'est long, et j'ai été tentée d'écourter l'attente. Alors, pour tuer le temps, j'ai rincé les tasses et la cafetière et rabattu les draps et les couvertures sur les lits. Je n'ai jamais aimé laisser de la pagaille derrière moi.

Le camion était en bas de la rue comme annoncé, avec un homme à l'avant penché sur le côté, à faire semblant de tripoter le moteur. A l'arrière, la bâche était à moitié soulevée comme pour montrer que la benne était remplie de fagots. La rue était déserte, et sur la grand-place, dont on apercevait un bout, il n'y avait pas encore beaucoup de mouvement.

Alors que j'approchais du camion, voilà que deux ruz revr[1] surgissent du coin du théâtre ! Des soldats allemands ! Trop serviables à mon goût ils veulent donner un coup de main, farfouillent eux aussi sous le capot. L'homme n'a pas d'autre solution que de faire signe à son compère chauffeur du camion de mettre le moteur en route. Ça marche, les Allemands s'en réjouissent, dunkersheune et aufiderzène... Je passe, l'homme et moi on bat des paupières, et on se comprend, je vais revenir, mais les Allemands me tiennent la jambe, veulent à tout prix porter mon baluchon et m'accompagner là où je suis censée aller avec le petit Youenn. Ecole, ils disent ? Ah gross malheur, bombardement. Non, pas école, je dis, chez la nounou. Et à la première porte de couloir ouverte je leur dis c'est là, et kenavo messieurs, et au revoir cholie madame.

J'avais des fourmis dans les jambes, je n'ai pas réussi à patienter bien longtemps dans le couloir. J'ai jeté un coup d'œil dehors, personne à l'horizon. Avec le petit Youenn sur la hanche pour marcher plus vite, j'ai foncé vers le camion. L'homme avait rouvert le

---

1. Traîne-cul.

capot du moteur, il l'a refermé en vitesse, a écarté la bâche à l'avant, soulevé le petit Youenn et l'a balancé là-dedans, et après c'est moi qu'il a empoignée par la taille, ma robe a remonté sur mon ventre mais il y a des circonstances où tu te fiches autant de montrer ton fond de culotte que de te cogner les genoux sur la ferraille des ridelles. Une seule chose comptait : on était réunis, assis recroquevillés contre la cabine, et l'homme dehors nous a dit de tirer des fagots sur nous de façon qu'on soit bien cachés au cas où la bâche serait soulevée. C'est ce qu'on a fait, Emil d'un côté et moi de l'autre, et je me souviens avoir pensé qu'il ne faudrait pas que le feu prenne dans ce tas de bois, on serait tous immolés comme Jeanne d'Arc sur son bûcher.

Le camion a démarré. C'était comme si on faisait corps avec lui et qu'on n'avait plus que deux sens aux aguets, l'ouïe et le toucher, et j'ajouterais l'imagination, parce qu'à chaque fois qu'on s'arrêtait, pour franchir un carrefour par exemple, on s'attendait à entendre des Boches gueuler. Le toucher, c'était sentir les cahots dans notre dos et sur les os de nos fesses. L'ouïe, c'était le bruit du moteur qui emplissait nos oreilles, les battements d'une sorte de cœur commun au camion et à ses passagers. S'il cessait de battre, on serait tous fichus.

Il a grondé tout du long d'une longue côte : on sortait de la cuvette de Morlaix. Dans quel sens ? Vers le nord et la mer et une crique où on prendrait un bateau pour l'Angleterre ? Ce serait une sacrée aventure. Le moteur chantonnait sur les plats, ululait dans les descentes, avec le sifflement du vent dans la bâche, un vrai concert. Dans les virages on était trimballés à droite et à gauche, de quoi attraper le mal de mer. Le petit Youenn tenait le coup mais les filles ont été barbouillées. Comme le camion filait bon train, Emil et moi on a écarté un peu la bâche, chacun de son côté, pour faire du courant d'air. A travers les fagots, j'ai aperçu des parcelles de bruyère et bientôt, en haut de la montagne Saint-Michel, la croix de la chapelle. On a traversé le bourg de Plouvern. De la secousse, tu penses bien, j'ai commencé à avoir une petite idée de notre destination. De la secousse, c'est bien le cas de le dire parce que pour cahoter on a cahoté en montant la route cabossée, et on faisait exprès d'aller encore plus fort d'un bord et de l'autre, épaule contre épaule comme des marins en goguette, pour un peu on aurait chanté ah le petit vin blanc qu'on boit sous les tonnelles, et on s'est tous mis à rire comme des dingos, sauf le petit Youenn qui me flanquait des gifles de toute la force de ses menottes en répétant, pas content du tout, pourquoi vous rigolez ? pourquoi vous rigolez ? Il ne pouvait pas se rappeler Rozarbig et le bol de lait au miel que Mamm lui servait quand on montait prendre le quatre-heures, le dimanche, avant qu'on déménage à Morlaix.

On a débarqué du camion. Trop chamboulé pour trouver autre chose à dire, Tad a lancé aux deux hommes :

— C'est gentil de votre part, les gars. On n'aura pas besoin de fagots pour l'hiver.

— Ne compte pas dessus, a dit le chauffeur, on repart avec – et le camion a fait demi-tour.

— Enfin bon, a dit Tad en serrant la main à Emil et à Fanny, on n'aura pas les fagots, mais on garde le médecin et l'infirmière.

— Et tous les enfants, a dit Mamm.

Emotionnée, elle triturait son tablier. Son regard brouillé allait de l'un à l'autre et les seuls mots qui pouvaient sortir de sa bouche c'était : « Ma ! Ma ! Ma, qui aurait cru ! »

— Merci, madame Trédudon, lui a dit Fanny en la serrant dans ses bras, vous nous sauvez la vie. Mille mercis à vous deux.

— Oh 'vit netra[1] ! a répondu Mamm en haussant les épaules de cet air fâché qu'elle prenait pour cacher ses émotions, et elle a essuyé ses larmes dans son tablier.

— Et Jean-François ? j'ai dit. Où il est ?

— Quelque part par là, avec une équipe de réfractaires au STO, a répondu Tad. On le verra sans doute ce soir.

Tu ne peux pas imaginer le plaisir que ça m'a fait de retrouver mon chez-moi. La ferme, le liorzh où il y avait des laitues en train de pommer, le poulailler, dans son loch le cochon qui rouspétait après nous, le champ de devant, les champs de derrière, les talus, les bois sur la montagne, le ruisseau que je croyais entendre chanter, la vallée de l'Elez et Saint-Herbot tapi dans le fond, au loin.

Et Anne-Marie et Joseph, donc ! J'avais gardé d'eux le souvenir d'une petite sœur et d'un petit frère, je faisais connaissance avec une jeune fille de quinze ans et un presque jeune homme de treize, tous les deux

1. De rien.

costauds, et sûrement des bras précieux pour arracher les betteraves. Pendant le trajet en camion l'idée ne m'avait pas effleurée que Mathilde avait le même âge que Joseph, et Sophie, juste deux ans de moins. Entre ces quatre-là la glace allait être rompue en vitesse, et que ça allait jouer et vadrouiller ensemble, et d'ici que Joseph conte fleurette à Mathilde et que ça tourne en histoire d'amour, on irait à la noce, un beau jour. Pour envisager des choses pareilles il fallait être tourneboulée, et je l'étais, et on l'était tous, comme saouls du plaisir d'être deux familles réunies, loin du tonnerre des canons, des soucis de l'Occupation, des malheurs de la chasse aux Juifs. Sans se concerter, on avait tous en tête la même chose : maintenant, rien ne pourrait plus nous arriver.

Pour les dames de la génération de Mamm, nourrir leur maisonnée était un devoir sacré. Prévoyant qu'on serait partis de Morlaix le ventre vide, elle avait préparé le repas de midi en avance. Le couvert était mis, une sacrée tablée de dix, dont six affamés qui n'ont pas boudé la macédoine de légumes et les tartines de pain de campagne, et la platée d'andouille-purée, et le quatre-quarts à la crème fouettée, tout ça arrosé de cidre bouché que Tad avait mis à rafraîchir dans le puits.

— Ce soir, de soupe il faudra se contenter, a dit Mamm, et il fallait comprendre que ce ne serait pas fricot à tous les repas, avec dix personnes à rassasier.

Cheminant sur la même idée, Tad a dit :

— Quand Jean-François nous a prévenus qu'il allait vous rapatrier, j'ai acheté deux gorets. Ils sont sous le hangar. On a encore une bonne provision de patates, ils ne manqueront pas de boued, et nous non plus quand ils auront rempli le charnier.

— Et de lait ni de beurre on ne manquera pas plus que de cochon, a dit Mamm. L'année dernière on a gardé le veau et au jour d'aujourd'hui en supplément des trois vaches on a une génisse à envoyer au taureau des frères Kermanac'h de Kermabeuzen.

Tad a plissé les yeux avec malice, comme il le faisait toujours avant d'énoncer un sous-entendu.

— Et puisque des bras complémentaires nous sont tombés du ciel, on sèmera deux fois plus de blé noir.

— N'est-ce pas un peu tard ? a demandé Emil.

— Hopala ! Le sarrasin on peut le semer jusqu'à la Saint-Jean et le récolter à la Toussaint. A condition que le temps soit favorable.

— Eh bien mon cher Marcel, nous retrousserons nos manches. L'activité physique est la meilleure médecine. La preuve, vous n'êtes jamais malades, à Rozarbig.

— Oh on a chacun ses petites misères, a dit Mamm, mais on fait avec.

Tu sais, Marie-Françoise, ma mère, il ne fallait jamais l'interroger sur sa santé. Alors qu'elle était infatigable et n'avait à se plaindre de rien, elle répondait toujours d'une voix de mourante, comme si elle mijotait un cancer : « Pas re[1], pas re… »

L'après-midi on s'est occupés des couchages. En prévision de notre arrivée, Jean-François avait récupéré des matelas et des couvertures, de quoi faire des paillasses par terre dans le grenier au-dessus de l'étable pour les Cogan, avec un rideau pour séparer les

1. Pas trop. Se prononce « pass ré ».

parents des enfants. Les filles ont trouvé ça très amusant. Je leur ai dit que l'hiver prochain elles seraient réchauffées par les vaches qu'on rentrait des champs à la fin de l'automne et je ne crois pas que l'odeur du fumier les aurait dérangées si elles l'avaient expérimenté, mais leur destin ne l'a pas voulu.

Le plus dur, au début, a été d'utiliser les cabinets au fond du jardin, mais on s'habitue à tout, et à la guerre comme à la guerre disait Fanny. De toute façon, ce n'était pas si dégoûtant que ça, il y avait une provision de feuilles mortes et de fougère sèche pour cacher au suivant ce qu'on avait déposé, et puis les planches de la cabane étaient disjointes, l'air circulait. Par grand froid, j'aime autant te dire qu'on n'avait pas envie de s'attarder à relire Emile Zola. Le drame, d'ailleurs, c'est qu'on n'avait rien à lire, puisqu'on avait mis les bouts de Morlaix en quatrième vitesse au saut du lit, et j'ai pensé qu'une fois qu'on aurait lavé et relavé et relavé et usé ce qu'on avait sur le dos, plus les vieilles frusques tirées des armoires de Mamm et rallongées ou raccourcies selon la taille du bénéficiaire, on irait habillés de pilhoù[1], comme des termaji[2]. Mais qu'est-ce que ça peut bien te faire de ressembler à un épouvantail, du moment que tu es en vie ?

Il faisait nuit noire et les enfants, petits et grands, étaient au lit quand Jean-François est entré. Ma ! Sa canadienne élargissait encore sa carrure, et avec son béret sur la tête et la mitraillette pendue à son épaule il en imposait. Mamm et moi on a préparé un

1. Loques, guenilles.
2. Romanichels, bohémiens.

grog et on s'est assis autour de la table pour écouter ce qu'il avait à nous dire.

A propos de notre sauvetage, d'abord : son réseau surveillait de très près un inspecteur des renseignements généraux de Morlaix, un collabo acharné à traquer les Juifs. Avec la bénédiction de certains de ses chefs, cette araignée venimeuse avait tissé sa toile autour des Cogan, patiemment. Heureusement qu'il s'était vanté au commissariat que le jour de l'arrestation était arrivé et que ce n'était pas tombé dans l'oreille d'un sourd. Un agent de police l'avait rapporté aux gendarmes, et c'est comme ça qu'on avait été sauvés.

Le réseau c'était bel et bien la Résistance et non pas une simple équipe de réfractaires au STO. Les Anglais avaient commencé à leur parachuter des armes.

— Le jour approche de s'en servir. Les Russes sont en train d'enfoncer les lignes allemandes à Koursk, l'Afrika Korps de Rommel a été ratiboisée, les Anglais occupent la Tunisie, les Américains préparent le débarquement en Sicile et bientôt ils ouvriront un nouveau front en France. En attendant, profil bas. Je ne pense pas que les Allemands vous chercheront des poux dans la tête, des familles de réfugiés de Brest ils ont l'habitude d'en voir autour de Huelgoat. Ceux dont il faut se méfier, c'est les miliciens qui ont été formés à Kastell Tuchenn. Apparemment, ils se sont dispersés, on a du mal à les localiser. Ouvrez l'œil. Ils sont reconnaissables à leur uniforme. Si vous en voyez qui semblent se diriger vers ici, filez vous planquer dans les bois. Que les gosses montent la garde et accourent vous prévenir, au cas où.

Là-dessus Jean-François a disparu dans la nuit et ç'a été un autre jour, et puis un autre, et ainsi de suite. Les premiers temps on n'était pas trop tranquilles, à cause de ce qu'il nous avait dit des miliciens. On envoyait les enfants ramasser des pissenlits et du plantain pour les lapins, et des collines là-haut ils surveillaient la route, jusqu'à ce que ça devienne une routine pour eux de jouer les sentinelles. Au retour, Mathilde et Joseph, croyant qu'on ne les voyait pas, se tenaient par la main jusqu'à la barrière du liorzh.

Je ne leur jetterai pas la pierre, on n'était pas mieux qu'eux, notre attention à nous aussi s'était relâchée. C'était bien humain de respirer et de travailler en liberté, sans plus penser à rien. On avait semé le blé noir, le froment était déjà assez haut, les pommiers promettaient, les poules donnaient leurs œufs et les vaches leur lait. C'était Fanny qui les trayait, et elle avait la main pour le faire, et en plus un je-ne-sais-quoi dans sa personne qui plaisait aux bêtes car jamais avec elle les vaches ne donnaient un coup de patte ou ne caguaient dans le seau.

Mathilde et Sophie adoraient les gorets à l'engraissement dans la grange, et entre nous on se disait qu'il faudrait éloigner les filles le jour où on ligoterait le gros du loch pemoc'h sur la planche de son trépas. Pour les préparer, on l'avait surnommé Adolf. Le petit Youenn, lui, c'était autour des poules et des poussins qu'il passait son temps. Si on n'avait pas mis le holà, c'est le grain d'une semaine qu'il leur aurait donné en une matinée, rien que pour le plaisir de les voir se précipiter et se disputer le blé qu'il leur jetait en veux-tu, en voilà.

On ne chômait pas. Préparer à manger pour dix personnes nous prenait une bonne partie de la journée, à Mamm, Fanny et moi. Et la vaisselle, et le ménage, et la lessive à se taper, agenouillées sur la pierre plate au bord du ruisseau. Mais bon, c'était tout de même la belle vie. Dans l'intervalle entre les semis de sarrasin et la moisson du froment, Tad profitait des bras d'Emil pour faire à deux ces choses qu'on reporte au lendemain quand on n'a personne pour aider, renforcer des piquets autour des pâtures, réparer des gouttières, fendre du bois en avance. Comme on dit, ce qui est fait n'est plus à faire. On se levait et on se couchait de bonne heure et il n'y avait pas besoin de nous bercer dans notre lit.

Un matin, ce n'est pas le chant du coq mais le fracas de coups de fusils, de rafales de mitraillettes et d'explosions de grenades qui nous a réveillés et poussés dehors. Ça venait du fond de la vallée, du côté de Huelgoat. Fanny a enlacé Emil. Sophie s'est nichée dans leur giron. Le petit Youenn s'est accroché à ma chemise de nuit. Joseph a passé son bras autour des épaules de Mathilde.

— C'est la guerre ? a demandé ma sœur Anne-Marie.

— Je vais sortir le fusil de sa cachette, a lancé Joseph, fiérot.

— Tais-toi donc, brammous, a dit Mamm. Tous fusillés tu voudrais qu'on soit ?

— Pourvu que Jean-François ne soit pas dans le coup, a dit Tad.

Quand on parle du loup… Accompagné de trois de ses gars, Jean-François est apparu derrière nous. Blême, il a écouté les armes crépiter et regardé là-bas dans le lointain les collines grises de brume et de la fumée d'un incendie. Il a enfin desserré les mâchoires pour dire :

— Le maquis du Fao…

— Vous n'allez pas à leur rescousse ? s'est étonné Tad.

— On se découvrirait, les Boches sauraient qu'il y a d'autres maquis. Ils mettraient les monts d'Arrée à feu et à sang. En plus, là-bas, on serait massacrés. Avec nos flingues et nos mitraillettes on ne fait pas le poids face à leurs mitrailleuses et à leurs mortiers. On n'a pas encore touché d'armes lourdes.

— Ils ont été vendus ? a demandé Tad.

— Ouais, a soupiré Jean-François, d'où l'attaque. Mais il n'y a pas que ça. Des représailles… Mathias Kermanac'h, l'un des frères de Kermabeuzen, a liquidé l'abbé Castric dans l'église de Saint-Herbot. Après les Boches, c'est des miliciens fous furieux qu'on va avoir sur le dos.

Les armes s'étaient tues quand on s'est tous réunis autour de la table pour prendre le petit déjeuner. On n'était pas gais, pas tristes non plus. On n'allait pas porter le deuil d'un curé collabo et antijuif jusque dans l'ourlet de sa soutane. C'était tant mieux qu'il soit crevé, mais ce qu'il fallait déplorer c'étaient les conséquences de sa mort, des dizaines de gars tués ou capturés dans la vallée du Fao. Au fond, ç'a été la dernière saloperie que ce curé-là a commise avant d'être expédié dans sa tombe, et de là en enfer pour l'éternité, si le bon Dieu existe et qu'il a une bonne balance à peser les saletés.

Pourquoi il avait été exécuté ? A Quimper, dans le coffre-fort d'un collabo qu'elle venait de zigouiller, la Résistance avait trouvé une liste de réfractaires au STO et de maquisards supposés, avec beaucoup de noms de gars de chez nous, plus des renseignements sur le maquis du Fao, et pour finir un document qui mentionnait que le collabo exécuté avait expédié une copie de tout ça à l'abbé Castric, avec la mention : « Vous saurez quelle destination donner à mon envoi. »

Les chefs des maquis des monts d'Arrée se sont réunis en urgence. La preuve étant établie que l'abbé Castric n'était pas un simple illuminé mais bel et bien un complice de la Gestapo, il était à liquider sur-le-champ, avant qu'il ne dénonce tout le pays. Parce qu'en plus de la liste, va-t'en savoir tout ce qu'il entendait à confesse. Pour un démon comme celui-là le secret de la confession devait compter pour du beurre.

— J'ai voté contre son exécution, a dit Jean-François. Même pour les non-croyants un curé c'est un symbole, une espèce d'intouchable. J'ai opposé qu'on l'aurait un jour ou l'autre, par un bon procès à la régulière, à la Libération. Mathias Kermanac'h a été plus convaincant que moi, et voilà le résultat…

Des gars fauchés en pleine jeunesse, des blessés qui allaient être torturés et sans doute fusillés, et des Allemands à patrouiller à travers la campagne, sur le qui-vive pendant qu'ils longeaient les talus et traversaient les champs de Rozarbig. On les saluait poliment, ils nous observaient, nous demandaient : « Terroristes, ici ? », on répondait, non, pas de terroristes dans les parages, et en général ils n'insistaient pas. Ces Boches-là ne cherchaient pas les Juifs. On craignait moins pour la sécurité des Cogan que pour les cochons et les vaches, mais réquisitionner des bêtes ne faisait pas partie de leur mission. Ils causaient entre eux, et comme Emil et Fanny comprenaient l'allemand, on savait ce qu'ils se disaient. En parlant de Joseph : trop jeune, et d'Emil : trop vieux, pour le STO. Ils s'interrogeaient sur notre compte, mais de toute façon, qu'est-ce qu'ils voyaient ? Deux familles en train de gratter la terre, et on sentait bien que ça démangeait certains, qui devaient être des fils de paysans, d'empoigner le manche d'un outil. Le blé noir les intriguait beaucoup.

Mort et enterré, le curé a continué de répandre le mal. Ses copains miliciens ont formé une brigade spéciale qu'ils ont appelée Bezen Castric, en son honneur. Des ultras, des sauvages qui en 44 iront jusqu'à porter l'uniforme allemand et aider les SS à liquider des résistants. Beaucoup d'entre eux seront tués au combat à la Libération, quelques-uns jugés et fusillés, d'autres mis à l'abri en Allemagne et de là en Irlande. Exfiltrés, a dit Jean-François. Il paraît qu'il s'en est trouvé une poignée à retourner leur veste et à combattre du côté de la Résistance, mais je ne mettrais pas ma main au feu à ce sujet.

Comme les maquisards se tenaient tranquilles, les Boches ont dû se figurer qu'ils avaient eu le plus gros de la troupe, dans la vallée du Fao. Dans les endroits reculés comme Rozarbig les patrouilles se sont raréfiées et on a revu des réfugiés monter jusqu'à chez nous dans l'espoir de nous acheter un peu de victuailles et c'était à contrecœur qu'on leur répondait qu'on avait juste de quoi pour nous, mais assez souvent ils repartaient quand même avec du lait frais, s'ils avaient un pot ou des bouteilles à remplir.

De nouveau, on oubliait la guerre, nous les jeunes on se promenait le soir dans les alentours. On allait se baigner dans la retenue d'eau de Saint-Herbot. Je ne sais pas où elles avaient appris, mais Mathilde et Sophie nageaient comme des poissons. Joseph, Anne-Marie et moi, on barbotait. Le petit Youenn patouillait, assis sur les graviers, de l'eau jusqu'à la taille. Joseph n'avait d'yeux que pour sa chérie, et pouvoir contempler Mathilde en petite tenue compensait sûrement la vexation d'être incapable de la suivre dans l'eau. Entre ces deux-là, l'heure venue il n'y aurait pas besoin de bazhvalan[1], c'était le grand amour.

On est arrivé comme ça à la fin du mois de juillet. Le blé noir était en fleur sur les pentes, autrefois des landes que les parents avaient eu du dur à défricher, et maintenant ils touchaient la récompense de ces grands tapis blancs, ah qu'est-ce que c'était joli. La floraison ne dure pas longtemps, le blanc devient crème, et puis après tout ça prend une couleur de fougère sèche, jusqu'à ce que les tiges rougissent. Trois fois par jour Tad s'agenouillait dans les champs de froment pour examiner les épis et relevait la tête pour lire la météo dans le ciel. La moisson n'était pas loin.

---

1. Mariage arrangé.

Un après-midi que je tirais de l'eau du puits, un drôle de touriste à vélo a pointé le bout de son nez. Le bout de son nez, c'est bien le cas de le dire, parce qu'il l'avait pointu, comme un renard, et j'aurais dû me méfier plus que je ne l'ai fait.

12

Oh ce drôle de péquin était bien affable et apparemment bien modeste dans sa chemise de garçon de ferme au col râpé qui avait connu maintes fois la brosse en chiendent. Le prétexte de sa visite était évidemment l'achat de nourriture.

— Vous devez bien avoir un bout de lard à vendre, ou une douzaine d'œufs ou un poulet.

— On n'a rien de trop, j'ai dit.

— Et du beurre ? Avec vos trois bêtes…

Ses yeux étaient braqués sur Emil et Fanny qui poussaient les vaches vers l'étable, pour la traite. Quand ils sont passés près de nous, il leur a lancé :

— Mont a ra mat ? Vous allez bien ?

Il parlait breton avec l'accent du Léon.

— Ya, mat tre, oui très bien, a répondu Emil. Ha ganeoc'h ? Et vous ?

— E-giz an amzer, comme le temps.

— An amzer mat evit eost da vont, un beau temps pour la moisson à venir, a dit Emil.

— Sur eo, c'est sûr.

Et comme Emil et Fanny entraient dans la crèche, ce fouineur m'a demandé en français :

— De la famille ?

— Des cousins de Brest. Leur maison a été bombardée.

— Ils ont des enfants ?

— Ils sont en âge d'en avoir.

— Je ne les vois pas.

— Ils jouent quelque part par là avec mon frère et ma sœur. Ou bien ils sont à la maison avec mes parents.

— Ah vous êtes si nombreux que ça ? Pas étonnant que vous n'ayez rien à me vendre. Dommage. Alors bon, il ne me reste plus qu'à retourner d'où je viens.

— Il n'y a rien de mieux à faire, j'ai dit sèchement.

Au fond de moi j'avais senti que ce bonhomme était louche, mais sans vraiment pouvoir me l'expliquer. Ce n'était même pas un pressentiment, à peine une sorte d'intuition, comme quand tu vois s'éteindre quelque chose dans le regard d'un vieux et que ça te fait penser soudain qu'il a entendu bringuebaler la charrette de l'Ankou et qu'il est prêt à monter dedans.

Quand on est sur ses gardes on a tendance à voir le mal partout et face à ça il faut savoir se montrer raisonnable, accepter de passer sur l'antipathie que certaines gens t'inspirent. C'est ce que je me suis dit, et j'ai eu tort. N'importe comment, qu'est-ce que j'aurais pu faire ? Alerter la maisonnée à cause d'une vague impression de danger ? Et on aurait filé se planquer dans les bois ? En attendant quoi ? La fin du monde ?

Deux jours après le ciel était bleu comme le châle de la statue de la Sainte Vierge dans l'église de Sainte-Brigitte. Depuis le lever du soleil on moissonnait le froment. Dans les arbres, corneilles et tourterelles se régalaient à l'avance des grains qu'elles viendraient picorer le soir. Torse nu, en sueur, les hommes maniaient la faux, et Fanny et moi on était admiratives de la façon dont Emil avait attrapé le coup. Un vrai paysan, que Tad félicitait gaiement. Avec les enfants, Fanny et moi on suivait derrière, à lier les gerbes et à aligner les andains. Le petit Youenn glanait, mais dans sa menotte il y avait plus de coquelicots que d'épis de blé.

A l'heure de midi, Mamm est arrivée en poussant sa brouette remplie d'une marmitée de pommes de terre au lard toutes chaudes, de lait et de gros lait, d'un panier de trenk eosteg[1] cueillies de la veille, d'eau fraîche et de bouteilles de cidre encore embuées d'avoir séjourné dans le puits. Le champ de froment était juste derrière la ferme, on aurait pu rentrer manger à la maison, mais ça changeait de la routine et ça faisait partie de la tradition de la moisson que de casser la croûte sur place, à la bonne franquette.

Tad et Emil se sont épongé le front et ont mis leur chemise. On était tous rouges de soleil et de la satisfaction du travail bien avancé. La chaleur était supportable, il y avait un brin de vent, ça donnait envie de chanter dansons la capucine.

On allait s'asseoir à l'ombre du talus quand tout d'un coup, comme dans un mauvais rêve, des

1. Littéralement : acide d'août, variété de pommes précoces.

miliciens nous ont cernés, fusils pointés, en silence. Ils étaient une demi-douzaine, dans leur tenue qui imitait l'uniforme des SS. Parmi eux, on a reconnu le Blaise Kermanac'h de Kermabeuzen, et j'ai déjà dû te dire que celui-là ne l'a pas emporté au paradis, puisque son propre frère Mathias l'a collé dos au mur, sans jugement, à la Libération. Joseph s'est dressé sur ses ergots.

— Bernious teil[1], il a grincé entre ses dents.

— Grit peoc'h[2] ! a grogné Tad. Cherche pas la bagarre, ils seraient capables de nous massacrer et de foutre le feu à la ferme.

Leur chef est sorti du bois. Hopala ! Monsieur avait changé de tenue, plus d'habits râpés ni de pinces de vélo aux mollets, en costume, mar plij, veste croisée et cravate, et sur la tête un chapeau mou de gangster et à la main un pistolet. Il ne s'est pas embarrassé de discours. Il a désigné ses proies les unes après les autres, en se moquant et en sifflant comme un serpent. Toi, le docteur Israël, par ici Mimile ! Toi, la Lilienfeld, t'es fanny ma belle, ah ! ah ! ah ! Et ces deux pucelles, ah les charmantes petites princesses de Jérusalem que voilà !

Au fur et à mesure les miliciens les empoignaient et les entraînaient sans ménagement vers le toull karr[3]. On a entendu et puis vu une bétaillère se présenter en marche arrière. Les miliciens les ont jetés dedans. Joseph s'est précipité en appelant Mathilde.

---

1. Tas de fumiers
2. La paix !
3. Passage de charrette dans un talus.

— Toi aussi tu veux y aller ? a ricané l'ordure, hé ben vas-y. Roulez, jeunesse ! Plus on est de fous plus on rigole.

Il s'est retourné vers Tad :

— Mais j'en ai oublié un ! Allez, le tad-kozh[1], en voiture Simone ! Au fait, où il est ton fils aîné ? C'est pas Jean-François qu'il s'appelle ? Réponds, où il est ? Au maquis ?

— A Saint-Nazaire, dans la métallurgie.

— Ah ouais ? Il dégraisserait pas plutôt les armes parachutées par les Anglais ? Monte, la Gestapo te tirera les vers du nez.

— Mais comment on va faire sans lui, a gémi Mamm. La moisson on vient juste de commencer.

— Oh ! La vieille ! Tu vas pas nous chier une pendule avec ton blé ! Ferme ton clapet ou tu rejoins ton mari.

Et puis ç'a été mon tour. De suite, j'avais agrippé le petit Youenn pour pas qu'il coure après ses parents. Je le tenais serré par le cou contre ma jambe, à l'étouffer. Pourtant, si je l'avais relâché, je suis sûre qu'il serait resté tranquille. Les jeunes enfants, avec leur cerveau en formation qui ont le monde entier à emmagasiner à toute allure, je crois qu'ils sont extralucides. Ils ont un sixième sens, ils voient plus loin que nous. Le petit Youenn avait compris qu'il ne fallait pas bouger. Et déjà il savait ce qu'il aurait à dire.

L'autre salopard l'a soupesé du regard comme on estime ce qu'il y aura à tirer d'un porcelet à cuire à la broche pour la fête des pompiers du bourg.

---

1. Grand-père.

— Il est à toi, ce brammous ?
— Bien sûr qu'il est à moi ! A qui vous voulez qu'il soit ?
— Où est le père ?
— A Hambourg, au STO !
— Tu m'en diras tant.
Finaud, il a demandé au petit, en breton :
— Pe' ta anv ? C'est quoi ton nom ?
— Youn.
— Ah ! Ah ! Youn ou *You-enn* ? *You* comme youpin et *enn* comme Cohen ?
— Nann, *Youn*.
— Hag anezhi, ta vamm eo ? Et celle-ci, c'est ta mère ?
— Ya, va vamm karet. Oui, ma maman bien-aimée.
— Ah ! Ah ! Un bon petit Breton, hein ? Montre-moi donc ton pissou !
— Malhonnête ! Il ne vous montrera rien du tout !
— M'est avis qu'il a le bout coupé.
— Il n'est pas plus coupé que votre nez !
Le salopard a plissé les yeux, et comme pour chasser le dégoût de sa bouche, il m'a craché à la figure :
— Garde-le en souvenir, ton Moïse sauvé du zoo ! Et qu'il te pourrisse la vie.
Il est monté à l'avant de la bétaillère et je l'ai entendu dire au chauffeur :
— Tu me déposeras à Kastell Tuchenn.
La camionnette a démarré, avec sa cargaison de prisonniers et de miliciens. On n'était plus que toutes les trois, Mamm, Anne-Marie et moi.
— La moisson on va essayer de finir, a dit Mamm.

13

En septembre on a reçu une carte postale de Drancy. Fanny écrivait qu'ils allaient bien tous les quatre, qu'Emil avait du travail par-dessus la tête à soigner les gens du camp, qu'ils embrassaient bien fort mon petit Youenn et qu'ils n'avaient aucune inquiétude à son sujet, sûrs qu'ils étaient qu'il grandirait en parfaite santé et deviendrait un beau jeune homme auprès de sa gentille maman. Elle avait souligné le *mon* après « bien fort » et *sa gentille maman*, pour que je comprenne bien que j'étais désormais responsable du petit.

Je leur ai écrit que tout allait bien de notre côté, excepté pour Tad qui était emprisonné à l'école Saint-Charles de Quimper. Il y est resté jusqu'à la libération de la ville par la Résistance, en août 1944. On peut dire qu'il a eu de la chance de s'en tirer comme ça, parce que dans beaucoup de prisons les Boches ont fusillé leurs prisonniers avant l'arrivée des Alliés. A ma lettre j'ai joint un dessin du petit Youenn, un lapin, une vache et des poules, avec des cœurs tout autour. Personne n'a répondu.

Le petit Youenn ne réclamait pas après ses parents et ses sœurs et je dois avouer que ça nous turlupinait Mamm et moi. On aurait préféré qu'il pleure un bon coup, on l'aurait câliné encore plus, on lui aurait menti, on l'aurait bercé de la promesse qu'ils n'allaient pas tarder à revenir. Le pauvre mignon, on avait peur qu'il ait été traumatisé et que la scène de l'arrestation reste là à tourner dans sa tête sans arrêt jusqu'à la fin de sa vie. Mais Dieu merci la mémoire d'un jeune enfant ne fixe pas certaines choses. En août 43 il allait sur ses trois ans. Qu'est-ce qu'on a gardé, nous, de cet âge-là ? Presque rien. C'est différent de l'oubli. Rien n'a disparu, tout est logé là, quelque part dans ta tête, comme les fondations d'une maison qu'on ne voit plus mais sans lesquelles les murs ne tiendraient pas debout. Le passé continue de couler dans tes veines et un jour une image remonte à la surface, comme une bulle d'air.

Moi, je devais avoir une bonne quarantaine quand j'ai été réveillée en pleine nuit par une gouttière que j'avais trop tardé à faire réparer, sur le toit de la maison que pour alors j'habitais à Plouvern. C'était un vrai déluge, l'eau gouttait sur la tôle du tas de bois juste sous ma fenêtre, et tout d'un coup j'ai été saisie d'un souvenir de petite fille riant dehors à Rozarbig sous la pluie battante, trempée jusqu'aux os, et ç'a été comme si j'étais transportée dans le passé, j'ai senti mes habits me coller à la peau, mes pieds barboter dans la boue, et j'ai entendu Mamm me gronder et crier que j'allais attraper du mal, et puis c'est tout. Je suppose qu'après Mamm m'avait changée et séchée et réchauffée. Ce premier souvenir d'enfance est aussi court que ça, mais il est tellement fort que depuis la quarantaine il ne m'a pas quittée et qu'il est revenu à point nommé, pour te le raconter.

Mamm, Anne-Marie et moi, et que je n'oublie pas Joseph que les Allemands de Huelgoat avaient relâché au bout de quelques jours, on a terminé la moisson, battu et rentré le blé, par demi-sacs, parce qu'on n'était pas assez costaudes, ni Joseph non plus, pour porter cinquante kilos. On a maintenu la ferme en état. On était comme des ombres dans le grand vide laissé par l'arrestation des Cogan et de Tad. Heureusement qu'il y avait le petit Youenn pour nous distraire de notre tristesse et de nos inquiétudes. Il était notre lumière dans toute cette noirceur. On le couvait, et je n'exagère pas en disant qu'on se serait fait tuer pour lui.

Ou que j'aurais tué pour lui. Je ressentais tellement de haine pour les miliciens et les Boches que j'en aurais bien liquidé quelques-uns, quand à l'automne je suis entrée dans la Résistance. Jean-François a calmé mes ardeurs.

— Bousiller des hommes c'est un boulot d'homme. Le tien, ce sera de tromper l'ennemi par ton joli minois.

Il m'a prise comme agent de liaison et c'est en tant que tel que j'ai revu Lisette Cuzon, l'institutrice de Plouvern qui avait été la maîtresse d'école de Mathilde et Sophie. Tu penses bien que dès notre première mission ensemble on a parlé d'elles. Lisette en savait beaucoup plus long que moi sur Drancy. De cette prison partaient des convois. Tu sais, Marie-Françoise, depuis tout ce temps-là, ce mot « convois » me fait horreur, j'ai du mal à le prononcer. Enfin, j'ai compris à demi-mot que Lisette ne doutait guère que les Cogan avaient été envoyés dans l'Est. Moi, j'espérais le contraire.

Lisette et moi on faisait équipe. Transmettre des messages, les déposer dans des boîtes aux lettres, rendre compte des mouvements de troupe qu'on pouvait observer. J'aurais voulu avoir un pistolet, c'est un vélo que Jean-François m'avait fourni, un vélo avec un siège enfant sur le porte-bagages, tant et si bien qu'il m'arrivait de mettre le petit Youenn dedans quand j'allais noter les passages de blindés sur la route de Huelgoat. A part quelques discussions assez rugueuses avec des Boches qui me demandaient mes papiers, rien de bien méchant ne m'est arrivé. Je n'ai pas mérité de médaille. Lisette Cuzon n'en a pas réclamé non plus, pourtant elle aurait mérité la sienne. A la fin de l'hiver 43, ayant repéré des mouvements suspects autour de son logement mitoyen de l'école, elle avait jugé bon de rejoindre le maquis dans les bois. Peut-être qu'elle avait rêvé, peut-être qu'une souricière avait été vraiment tendue, en tout cas elle a vécu à la dure pendant près de six mois, mais elle n'a pas dû avoir trop froid. Quand les monts d'Arrée ont été libérés, elle était enceinte de Jean-François.

Le 5 août 44, les tanks américains sont entrés dans Huelgoat. Les gens ont cru que les Boches avaient déguerpi, or ils sont revenus alors que la fête avait commencé, et il y a eu de la casse. Les Américains ont perdu des hommes, ils ont leur monument près de la mairie. Des Boches, fous de terreur dans leur fuite, ont mitraillé tout ce qui bougeait. Ils ont tué quatorze civils, comme ça, pour rien. Des Boches, il y en avait partout dans les bois, cernés par les maquisards, qui feront pas mal de prisonniers. Les Américains avaient pour mission de filer à Brest. Avant de partir, ils ont nettoyé le terrain. Et là, Marie-Françoise, c'est bizarre comment on retient des choses de peu d'importance, le souvenir que j'ai de ces deux jours de combat auxquels je n'ai pas participé, c'est d'avoir reconnu sur un tank, sur la route en bas de Rozarbig, côte à côte avec le général américain, le monsieur bien mis qui venait se promener dans la montagne avec sa femme, en tandem. On a su après que ces gens-là venaient de bien plus loin que Brest, en réalité de Saint-Pierre-et-Miquelon, et qu'ils avaient travaillé au Canada[1]. Le monsieur parlait anglais et le général américain l'avait embauché pour servir d'interprète entre lui et les maquisards qui le renseignaient sur les positions des Allemands.

Tad est rentré à la maison le 15 août, maigre comme un clou, mais toujours aussi solidement planté sur ses jambes et dans ses opinions, et content de constater qu'on avait tenu les terres à peu près propres. Ce chameau-là, malin comme le paysan qu'il était, avait fait le tour des champs avant de pousser la porte sans prévenir, au risque qu'on tombe raides mortes de surprise. Il a été fier que le petit Youenn le reconnaisse, mais catastrophé de l'entendre lui demander en breton :

— Où sont mon papa et ma maman ? Et Mathilde et Sophie ? Pourquoi ils ne sont pas avec toi ?

C'était logique de la part d'un marmouz : ils étaient partis en même temps, ils devaient revenir en même temps.

---

1. Cf. *Si loin des îles*, Léopold Turgot/Hervé Jaouen, éditions Locus Solus, 2015.

— Ils ne doivent pas être loin derrière, a répondu Tad.

— En route vers ici ils sont sûrement, a dit Mamm.

— Allons avec Tad dire bonjour aux vaches, j'ai dit. Depuis le temps qu'il ne les a pas vues… Va devant, on te rejoint.

— Des nouvelles ? a chuchoté Tad.

— Aucune depuis une carte qu'on a reçue de Drancy au mois de septembre de l'année dernière.

— Dans leur cas, je ne sais pas si on peut dire pas de nouvelles, bonnes nouvelles.

— Il faut garder espoir, a dit Mamm.

Quatre ans d'Occupation, ça te laisse déboussolée. On était comme des poules sur lesquelles tu as ouvert la porte du poulailler et qui restent là à glousser en hochant la tête, sans oser aller picorer dehors.

Le grand événement qui nous a permis de reprendre pied dans la vie normale, ç'a été le mariage de Jean-François et Lisette. Question tenue, pas de chistroù[1]. Question repas, surtout de la joie. Tad et Mamm avaient le sourire jusqu'aux oreilles. Tu penses bien, un fils de ferme de rien du tout qui épouse une institutrice, il y avait de quoi leur gonfler la poitrine. Et que les mariés aient fêté Pâques avant les Rameaux, c'était tant mieux, Tad et Mamm seraient tout de suite grand-père et grand-mère. Qui aurait pu être mécontent de ce mariage, bouquet final d'une belle histoire d'amour entre deux héros de la Résistance ? Ils ont eu droit à leur haie d'honneur de maquisards à la sortie de la mairie. Vraiment, ç'aurait

1. Tralala.

été une injustice si ces deux-là ne s'étaient pas unis plus que d'intention.

Dans un premier temps, les nouveaux mariés se sont installés dans le logement de fonction de l'école primaire de Plouvern. Je ne sais plus comment la question est venue sur le tapis, toujours est-il que Lisette a suggéré que le petit Youenn commence à aller à l'école. Moi j'ai trouvé que c'était une bonne idée, il aurait de l'avance sur les autres qui pour la plupart n'apprenaient à lire et à écrire qu'à partir de six ans. Mais il n'était pas question que je le laisse parcourir le chemin tout seul, comme on l'avait fait Jean-François et moi, et Anne-Marie et Joseph après nous. J'avais trop peur qu'il se perde. Alors en semaine il restait dormir au bourg, bien content d'avoir une tata pour maîtresse d'école et vice versa. J'allais l'amener le lundi et le rechercher le vendredi, anxieuse, bête comme j'étais, à l'idée qu'il me dirait un jour qu'il préférait rester en pension chez Lisette et Jean-François. Mais non. Il courait vers moi en m'appelant Mamm Yvonne ! Mamm Yvonne ! et il nichait sa figure dans mes jupes. Je l'installais sur le porte-bagages de mon vélo et on remontait à Rozarbig où il n'avait qu'une hâte, retrouver les mamours de Mamm et les outils que Tad le laissait manipuler, et les vaches et les cochons et les poules et les lapins. Ah celui-là aimait les animaux, tu peux me croire.

A chaque fois, les lundis matin et les vendredis soir, le cœur me serrait en passant devant la porte et les fenêtres fermées de Ker-Tilhenn. Le petit Youenn, heureusement, ne faisait pas attention à cette maison où il était né et où on avait été tellement heureux. Tout bébé au moment de notre départ à Morlaix, il ne s'en souvenait pas, sinon il m'aurait interrogée à propos des siens, et qu'est-ce que je lui aurais dit ?

On ne pouvait plus espérer grand-chose de bon. Les journaux qu'on n'hésitait pas à croire avaient reparu, l'information circulait, et au fur et à mesure que les Russes et les Alliés avançaient en Allemagne on en apprenait sur les camps et on n'en savait déjà que trop sur la destination des convois qui étaient partis de Drancy.

Lisette menait l'enquête, elle écrivait à des connaissances qu'elle avait dans les bureaux, mais il a fallu attendre juillet 1945 pour avoir en main une liste de près de huit cents Juifs embarqués à Drancy dans des wagons à bestiaux, en octobre 1943, direction Auschwitz. Les noms d'Emil, Fanny, Mathilde et Sophie étaient dessus. Et voilà, on a eu l'abominable certitude qu'on redoutait.

On a beau être préparé à l'annonce d'un grand malheur, quand il te tombe dessus tout s'écroule autour de toi. A Rozarbig aussi bien qu'à l'école du bourg, on est tous restés sans voix à triturer dans notre tête des images de chambre à gaz et de four crématoire. Six millions qu'ils en ont assassiné. Le chiffre est tellement ahurissant qu'il en perd une partie de sa réalité. Par contre, quand tu t'acharnes à essayer de reconnaître sur les photos de camps publiées dans les journaux les visages de gens que tu as connus, la réalité te saisit, et tu te dis que ces six millions c'étaient six millions de fois un chacun ou une chacune, qui s'aimaient, étaient aimés, avaient eu jusque-là une vie à eux, un passé en famille, des habitudes, des aptitudes, des dons pour la musique ou le dessin ou la peinture, le goût de soigner les gens, comme c'était le cas pour Emil et Fanny, éliminés comme des rats avec leurs filles. Là, la réalité des vies volées te rattrape, et la rage t'étouffe, mais elle a un côté bienfaisant, elle atténue ton chagrin, comme une pelletée de cendres éteint le feu que tu ne veux pas laisser allumé toute la nuit. Le petit Youenn s'étonnait que je pleure quand je le bordais dans son lit, près du mien.

— A cause d'un coup de vent, sur l'aire à battre, je lui disais.

Je jalousais Jean-François qui siégeait dans un tribunal de l'épuration. Lui au moins il pouvait passer sa rage sur les collabos. Il a envoyé plus d'un milicien au poteau et moi j'aurais bien fait partie du peloton d'exécution, et même de plusieurs. A la queue leu leu que je les aurais fusillés ! Douze balles dans la peau pour Emil, et douze pour Fanny, et douze pour Mathilde, et douze pour Sophie. Ça ne les aurait pas ressuscités pour autant.

En 1947, l'année des sept ans du petit Youenn, on a tenu conseil de famille et tout le monde a été d'accord que je l'adopte. Lisette s'est occupée des formalités, il n'y a pas eu d'opposition administrative.

J'anticipe tout de suite sur son devenir. Il apprenait très bien à l'école, à onze ans il est allé en pension au lycée de Quimper, il a eu son bac, a réussi le concours de l'école de Maisons-Alfort, et il est devenu vétérinaire. Sur sa plaque il a relié les deux noms : Docteur Yves-Marie Cogan-Trédudon. Docteur, mar plij, comme son père, sauf que lui il s'occupe des animaux, et il a bien raison, car il y a des hommes qu'on devrait laisser crever du pus qu'ils ont dans la tête.

Au moment où je te parle mon Yves est à la retraite à Saint-Brieuc, c'est un vieux monsieur de soixante-dix-huit ans, entouré de sa femme et de ses enfants et petits-enfants. Comme il n'est plus très valide, l'un ou l'autre le conduit jusqu'ici de temps en temps, en général pour mon anniversaire et le premier de l'an. On a du mal à évoquer ses parents et ses sœurs, alors qu'ils sont là, entre nous, bien présents. Pour rompre la gêne, je lui sers à chaque fois la même plaisanterie qu'il a plaisir à entendre et qui va t'amuser aussi, Marie-Françoise. J'ai du goût[1] à répéter que j'ai fait beaucoup mieux que la Vierge Marie. Elle n'a eu qu'un fils, alors que moi qui n'ai jamais accueilli un homme entre mes jambes, je suis mère, grand-mère et arrière-grand-mère. Un vrai miracle, non ? La prochaine fois qu'il viendra je te préviendrai et tu feras sa connaissance, à condition que je sois toujours là. Dans le cas contraire, tu le verras à mon enterrement.

Ah j'en ai enterré du monde ! Anne-Marie, qui a toujours été en retrait – la preuve, je n'ai pas eu beaucoup à dire de sa personne –, s'est effacée définitivement en épousant un gars des PTT. Il lui a donné l'existence qu'elle souhaitait sans doute : un salaire assuré, une descendance, et pour unique distraction une maison neuve à astiquer, et ça ne m'étonnerait pas que de son cercueil elle ait demandé aux gens du cortège

1. Bretonnisme. S'amuser, prendre plaisir à.

de prendre les patins pour la conduire au cimetière. Je n'envie pas l'existence qu'elle a eue.

Joseph n'a jamais eu beaucoup de jugeote. Après son service militaire il a été volontaire pour l'Indochine et après on l'a envoyé en Algérie où il a combattu les fellaghas sans se rendre compte que les Algériens cherchaient à libérer leur pays comme nous on avait délivré le nôtre des Boches. Au bout de quinze ans d'armée il a liquidé sa retraite proportionnelle de sergent et touché une pension suffisante pour payer le loyer d'un pennti à moitié en ruine à l'écart du bourg et faire la tournée des bistrots où il se vantait d'avoir torturé des bougnoules. Beaucoup de familles de la campagne, en ces années-là, avaient cette croix à porter d'un fils bon à rien, alcoolique au dernier degré, dont aucune femme n'aurait voulu dans son lit. A sa décharge il faut dire que le soleil et le pastis lui avaient tapé sur le ciboulot. Nous autres, Tad, Jean-François et Lisette, on le tenait à distance. Il n'y avait que Mamm à se montrer plus indulgente. Est-ce qu'on aurait dû s'occuper de lui ? La barrière était infranchissable, ses propos racistes nous donnaient envie de dégobiller. Il n'avait pas soixante ans lorsque la cirrhose l'a emporté. Un de ses copains de saouleries l'a découvert dans son pennti, crevé comme un renard enragé dans son terrier. Les vers avaient déjà commencé leur travail. Il a été enterré sans cérémonie, et si on a versé une larme, c'est sur l'enfant et l'adolescent qu'il avait été, pas sur sa laine de mouton noir. C'est drôle, hein, Marie-Françoise, qu'on puisse pleurer la mort de son chien plus que la perte d'un frère, mais qu'est-ce qu'on y peut, quand les liens du sang se sont défaits ?

Mamm et Tad n'ont pas enrichi les médecins ni surpeuplé les hôpitaux. Ils sont partis à un âge avancé, sans souffrir de grand-chose, juste éteints, quoi, dans la paix de Rozarbig, comme des tourterelles qui arrêtent de chanter quand le soleil se couche. On a vendu la maison à un couple d'artistes peintres. Jean-François a gardé les terres qui n'intéressaient personne. Trop de petites parcelles, trop de champs en pente, trop de talus pour les énormes engins des exploitants agricoles d'aujourd'hui qui se ruinent à rembourser des crédits tout en empoisonnant la terre. Une fois l'an Jean-François faisait passer le broyeur sur la lande de façon que les champs ne se transforment pas en friches. Un éleveur de postiers bretons faisait les foins dans les prairies. Jean-François est mort d'une leucémie qu'on a mise sur le compte des vernis et autres produits chimiques qu'il avait respirés. Lisette avait un cœur gros comme ça, et c'est du cœur qu'elle est partie, quelle injustice.

Tant que mes jambes m'ont portée je n'ai jamais manqué de retourner à Rozarbig. Je restais assez loin de la maison, de peur d'être submergée de souvenirs au point d'en rester paralysée et de ne plus pouvoir redescendre au bourg. Malgré la distance, je sentais les odeurs de cuisine, j'entendais des voix et dans le champ de derrière je me revoyais avec le petit Youenn accroché à mes jupes, face à cet inspecteur de police collabo qui nous avait pistés à partir de Morlaix.

Maintenant que la boucle est bouclée, il ne me reste plus qu'à revenir à l'inauguration de la plaque, le 26 octobre 1974. Je ne pense pas avoir mentionné qu'après son mariage avec Lisette Jean-François avait monté une entreprise à Plouvern. Une scierie, d'abord, rien de plus normal pour quelqu'un qui de tout temps avait aimé travailler le bois. Ensuite, quand la mode est venue de remplacer les vieux volets par des persiennes articulées que tu pouvais ouvrir et fermer sans avoir à sortir dehors ou te pencher à la fenêtre au risque de tomber, il avait investi dans des machines pour fabriquer ce genre de persiennes et son entreprise avait prospéré. En 1974, il avait trois ouvriers. Lisette s'occupait de la comptabilité.

Où j'en étais de ce fameux 26 octobre ? Ah oui, ayant donc reconnu l'ordure, ce Gontran de Ploumagar qu'on allait décorer de la Légion d'honneur, j'ai ôté mon tablier, éteint le gaz sous ma bilig et j'ai couru chercher Jean-François à la menuiserie. Il était dans son bureau, il s'est demandé ce qui m'arrivait. Essoufflée, rouge comme une pivoine, j'ai bégayé :

— Le bonhomme qu'on décore devant Ker-Tilhenn, c'est lui.

— Lui qui ?

— LUI, l'inspecteur de police qui a traqué les Cogan de Morlaix à Rozarbig, le milicien qui les a envoyés au four crématoire.

— Pas possible !

— Si ! Viens vite. Il faut que tu lui casses la figure.

— En pleine cérémonie ?

— Quoi ? Il ne le mérite pas ?

On est revenus en vitesse et on a fendu l'assistance. Le maire, Yann Quimerc'h, s'est inquiété de nous voir le mors aux dents. La croix avait été épinglée sur la poitrine du collabo et Monsieur faisait un petit discours pour dire tout l'honneur qu'il avait de l'avoir reçue. Jean-François lui a coupé la chique :

— Ho ! En août 43, t'étais pas du côté de Rozarbig à surveiller la moisson, par hasard ?

— Regardez-moi, j'ai dit, vous devez bien me reconnaître comme je vous ai reconnu. J'avais un petit accroché à mes jupes et vous avez voulu qu'il vous montre son pissou.

Le mot est rigolo, des gens ont rigolé, mais dans leur chupen, parce qu'ils avaient peur que ce soit déplacé, de rire devant les officiels.

La figure de l'autre s'est décomposée. Yann Quimerc'h a attrapé Jean-François par le bras et lui a chuchoté :

— C'est quoi cette histoire ?

— Une histoire ? a hurlé mon frère. Ce gars-là était à la tête des miliciens.

— Allons donc, Jean-François, c'est impossible. Ta sœur a entendu comme moi le discours du sous-préfet, ce policier était infiltré.

— S'il avait été un agent double, il se serait arrangé pour sauver les Cogan. Or c'est lui qui les a ramassés !

— Il dirigeait les opérations, je peux en témoigner ! j'ai lancé.

Il y avait du flottement parmi les quelques personnes du bourg qui avaient assisté à la cérémonie. Le sous-préfet et le décoré étaient en conciliabule. Qu'est-ce qu'ils se sont dit ? Sans doute qu'il était préférable de déguerpir, et c'est ce qu'ils ont fait, la queue basse. On est restés entre nous, entre gens du pays, un peu assommés comme après le passage d'une tempête. Yann Quimerc'h demeurait incrédule.

— Quand même, Yvonne, s'il est vraiment celui que tu dis il ne serait pas venu se faire décorer ici.

— Ces gens-là n'ont honte de rien ! Ils seraient prêts à recommencer. En plus ils sont idiots. Ils sont persuadés que le temps a effacé leurs crimes.

— La mémoire doit te tromper.

— Oh pas du tout. Il faut déclencher une enquête sur lui !

— Tous ces salauds ont été amnistiés en 1951, m'a répliqué Jean-François.

— Alerter les journaux et la télé, alors !

— Ce serait ta parole contre la sienne.

Mamm et Tad n'étaient plus de ce monde, Anne-Marie ne voudrait pas se mêler de ça, et avec ses idées de fasciste Joseph serait bien capable de blanchir l'ordure. J'étais la seule personne en mesure de témoigner.

— T'inquiète, a continué Jean-François, ce putain de collabo sait maintenant qu'il a été reconnu, il ne dormira plus tranquille. Laisse tomber. C'est trop tard pour remuer la merde. Et songe à Yves. Qui a idée des origines de ton fils ? Personne. Tu voudrais qu'il soit montré du doigt comme Juif ? Qu'il se réveille un matin avec des inscriptions sur le mur de sa maison, comme ses parents à Ker-Tilhenn, avant la guerre ? Méfions-nous, Yvonne, la bête n'est pas morte. Elle fait semblant de dormir, pas la peine de l'aiguillonner.

— Alors on met ça dans notre poche et notre mouchoir par-dessus ?

— Pas dans notre poche, Yvonne. En tassant bien, il devrait rester assez de place dans les poubelles de l'Histoire.

Epilogue

Ayant achevé mon travail de scribe, je suis allée à Plouvern méditer devant la plaque rivée à droite de la porte d'entrée, sur la façade de Ker-Tilhenn.

ICI ONT VECU EMIL ET FANNY COGAN
ET LEURS FILLES MATHILDE ET SOPHIE
ASSASSINES PAR LES NAZIS
A AUSCHWITZ EN OCTOBRE 1943

Dans la gloire de son grand âge, préservé des maladies qui ont décimé les ormes et les châtaigniers, le tilleul, emblème du lieu, ombrage toujours le jardin. Les arbres séculaires, totems des forêts d'Arrée où je cherche, en marchant longuement, à gagner quelques années d'espérance de vie, vous renvoient à votre propre mortalité. Ils ont prospéré avant votre naissance et longtemps encore après votre disparition de leurs racines continuera de monter la sève, et ils porteront leurs fruits. Ce sont là des observations bien triviales, mais elles expliquent que devant la magnificence de ce tilleul je me suis sentie spectre en devenir, accueillie par les êtres ressuscités du récit.

Sur la vitre qui me séparait d'eux, j'ai effacé la buée du spleen et je les ai vus, aux quatre saisons, près de l'arbre. C'est la fin du printemps, Fanny ramasse les fleurs du tilleul pour les mettre à sécher et en faire des tisanes à siroter le soir, au coin du feu. C'est l'été, le petit Youenn sommeille dans son couffin. C'est l'automne, Emil ratisse les feuilles mortes. C'est l'hiver, de part et d'autre du tronc, bien emmitouflées, Mathilde et Sophie jouent à cache-cache.

Dans sa chambre de Mont-Leroux, j'ai lu à Yvonne son récit recomposé. Espiègle, elle a feint de s'étonner :

— Ma ! Et tout ça est sorti de ma tête ? Tu as dû avoir du dur à mettre mes paroles noir sur blanc.

— Elles sont écrites, Yvonne, pour toujours.

— Oui, maintenant je peux disparaître tranquillement.

— Ne te presse pas. A Mont-Leroux ils espèrent bien fêter une centenaire.

— Oh pour leur plaisir, pas pour le mien. Il ne faut pas croire que ce soit si gai que ça de vivre aussi vieux. Le plus triste, c'est de voir partir les gens que tu aimes, et j'estime que de ce côté-là j'ai déjà eu ma part. Assez comme ça. Tu sais, Marie-Françoise, je m'inquiète pour Yves. Il n'est plus très vaillant…

— Veux-tu que je lui adresse un exemplaire de ton récit ?

— Sûrement que oui qu'il faut te dépêcher de lui en envoyer un !

Elle a tourné la tête vers la fenêtre, comme si elle pouvait apercevoir, au faîte des cyprès, un couple de corneilles défendre leur nid contre une pie.

— Il y a une chose que je ne t'ai pas dite, et que je vais maintenant te dire, et qui n'est pas à répéter à Yves, elle est trop affreuse. A l'époque où j'avais encore une bonne vue, j'ai lu beaucoup de livres sur les camps de concentration. On aime se faire du mal, hein ? Eh bien je le regrette, parce que ça m'a menée à souhaiter qu'ils aient été tous les quatre gazés dès leur descente du wagon. J'ai lu qu'à Auschwitz il y avait un médecin fou, Mengele qu'il s'appelait, qui faisait un tas d'expériences sur les déportés. Ce monstre arrachait les yeux des gens, à vif, pour les collectionner. Depuis tout le temps que j'ai lu ça, je ne peux pas me défaire de cette vision : les yeux de Mathilde et Sophie, leurs yeux d'or, Marie-Françoise, leurs beaux yeux d'or si extraordinaires, épinglés sur un mur, comme des papillons, à Auschwitz.

A propos du lieu

Plouvern est une commune imaginaire que j'ai située au-delà de Loqueffret, en direction de Morlaix. Sa description emprunte à ces bourgs du Centre Bretagne dont la population a été divisée par trois, voire quatre, en un peu plus d'un siècle.

H.J.

Bibliographie

Marie-Noëlle Postic, *Sur les traces perdues d'une famille juive en Bretagne*, Coop Breizh (2007) & *Des Juifs du Finistère sous l'Occupation*, Coop Breizh (2013).

Georges-Michel Thomas & Alain Le Grand, *Le Finistère dans la Guerre*, Editions de la Cité (1979).

Kristian Hamon, *Les Nationalistes bretons sous l'Occupation*, An Here (2001).

Georges Cadiou, *L'Hermine et la croix gammée*, Mango Document (2001).

Cet ouvrage a été composé et mis en page par Nord Compo à Villeneuve-d'Ascq

Imprimé en France par CPI
en février 2021
N° d'impression : 3041582

Pocket – 92 avenue de France, 75013 PARIS

S31137/01